悲慘的世紀

—徐訏文集—

小說卷

目次

導言　徬徨覺醒：徐訏的文學道路

陳智德

「個人的苦悶不安，徬徨無依之感，正如在大海狂濤中的小舟。」[1]

——徐訏〈新個性主義文藝與大眾文藝〉

在二十世紀四、五十年代之交，度過戰亂，再處身國共內戰意識形態對立夾縫之間的作家，應自覺到一個時代的轉折在等候著，尤其在當時主流的左翼文壇以外，被視為「自由主義作家」或「小資產階級作家」的一群，包括沈從文、蕭乾、梁實秋、張愛玲、徐訏等等，一整代人在政治旋渦以至個人處境的去與留之間徘徊，最終作出各種自願或不由自主的抉擇。

1 徐訏〈新個性主義文藝與大眾文藝〉，收錄於《現代中國文學過眼錄》，台北：時報文化，一九九一。

二

一九四六年八月，徐訏結束接近兩年間《掃蕩報》駐美特派員的工作，從美國返回中國，直至一九五〇年中離開上海奔赴香港，在這接近四年的歲月中，他雖然沒有寫出像《鬼戀》和《風蕭蕭》這樣轟動一時的作品，卻是他整理和再版個人著作的豐收期，他首先把《風蕭蕭》交給由劉以鬯及其兄長新近創辦起來的懷正文化社出版，據劉以鬯回憶，該書出版後，「相當暢銷，不足一年，（從一九四六年十月一日到一九四七年九月一日），印了三版」[2]，其後再由懷正文化社或夜窗書屋初版或再版了《阿剌伯海的女神》（一九四六年初版）、《烟圈》（一九四六年初版）、《蛇衣集》（一九四八年初版）、《幻覺》（一九四八年初版）、《四十詩綜》（一九四八年初版）、《兄弟》（一九四七年再版）、《母親的肖像》（一九四七年再版）、《生與死》（一九四七年再版）、《春韮集》（一九四七年再版）、《一家》（一九四七年再版）、《海外的鱗爪》（一九四七年再版）、《舊神》（一九四七年再版）、《成人的童話》（一九四七年再版）、《西流集》（一九四七年再版）、潮來的時候（一九四八年再版）、《黃浦江頭的夜月》（一九四八年再版）、《吉布賽的誘惑》（一九四九再版）、《婚

[2] 劉以鬯〈憶徐訏〉，收錄於《徐訏紀念文集》，香港：香港浸會學院中國語文學會，一九八一。

事》（一九四九年再版），[3]粗略統計從一九四六年至一九四九年這三年間，徐訏在上海出版和再版的著作達三十多種，成果可算豐盛。

《風蕭蕭》早於一九四三年在重慶《掃蕩報》連載時已深受讀者歡迎，一九四六年首次結集成單行本出版，沈寂的回憶提及當時讀者對這書的期待：「這部長篇在內地早已是暢銷一時的名著，可是淪陷區的讀者還是難得一見，也是早已企盼的文學作品」[4]，當劉以鬯及其兄長創辦懷正文化社，就以《風蕭蕭》為首部出版物，十分重視這書，該社創辦時發給同業的信上，即頗為詳細地介紹《風蕭蕭》，作為重點出版物。徐訏有一段時期寄住在懷正文化社的宿舍，與社內職員及其他作家過從甚密，直至一九四八年間，國共內戰愈轉劇烈，幣值急跌，金融陷於崩潰，不單懷正文化社結束業務，其他出版社也無法生存，徐訏這階段整理和再版個人著作的工作，無法避免遭遇現實上的挫折。

然而更內在的打擊是一九四八至四九年間，主流左翼文論對被視為「自由主義作家」或「小資產階級作家」的批判，一九四八年三月，郭沫若在香港出版的《大眾文藝叢刊》第一輯發表〈斥反動文藝〉，把他心目中的「反動作家」分為「紅黃藍白黑」五種逐一批判，點名批評了沈從文、蕭乾和朱光潛。該刊同期另有邵荃麟〈對於當前文藝運動的意見——檢討·批

3 以上各書之初版及再版年份資料是據賈植芳、俞元桂主編《中國現代文學總書目》、北京圖書館編《民國時期總書目，一九一一－一九四九》。

4 沈寂〈百年人生風雨路——記徐訏〉，收錄於《徐訏先生誕辰100週年紀念文選》，上海：上海社會科學院出版社，二〇〇八。

判．和今後的方向〉一文重申對知識份子更嚴厲的要求，包括「思想改造」。雖然徐訏不像沈從文般受到即時的打擊，但也逐漸意識到主流文壇已難以容納他，如沈寂所言：「自後，上海一些左傾的報紙開始對他批評。他無動於衷，直至解放，輿論對他公開指責。稱《風蕭蕭》歌頌特務。他也不辯論，知道自己不可能再在上海逗留，上海也不會再允許他曾從事一輩子的寫作，就捨別妻女，離開上海到香港。」[5]一九四九年五月二十七日，解放軍攻克上海，中共成立新的上海市人民政府，徐訏仍留在上海，差不多一年後，終於不得不結束這階段的工作，在不自願的情況下離開，從此一去不返。

二

一九五〇年的五、六月間，徐訏離開上海來到香港。由於內地政局的變化，其時香港聚集了大批從內地到港的作家，他們最初都以香港為暫居地，但隨著兩岸局勢進一步變化，他們大部份最終定居香港。另一方面，美蘇兩大陣營冷戰局勢下的意識形態對壘，造就五十年代香港文化刊物興盛的局面，內地作家亦得以繼續在香港發表作品。徐訏的寫作以小說和新詩為主，來港後亦寫作了大量雜文和文藝評論，五十年代中期，他以「東方既白」為筆名，在香港《祖

[5] 沈寂〈百年人生風雨路——記徐訏〉，收錄於《徐訏先生誕辰100週年紀念文選》，上海：上海社會科學院出版社，二〇〇八。

國月刊》及台灣《自由中國》等雜誌發表〈從毛澤東的沁園春說起〉、〈新個性主義文藝與大眾文藝〉、〈在陰黯矛盾中演變的大陸文藝〉等評論文章，部份收錄於《在文藝思想與文化政策中》、《回到個人主義與自由主義》及《現代中國文學過眼錄》等書中。

徐訏在這系列文章中，回顧也提出左翼文論的不足，特別對左翼文論的「黨性」提出質疑，也不同意左翼文論要求知識份子作思想改造。這系列文章在某程度上，可說回應了一九四八、四九年間中國大陸左翼文論的泛政治化觀點，更重要的，是徐訏在多篇文章中，以自由主義文藝的觀念為基礎，提出「新個性主義文藝」作為他所期許的文學理念，他說：「新個性主義文藝必須在文藝絕對自由中提倡，要作家看重自己的工作，對自己的人格尊嚴有覺醒而不願為任何力量做奴隸的意識中生長。」[6]徐訏文藝生命的本質是小說家、詩人，理論鋪陳本不是他強項，然而經歷時代的洗禮，他也竭力整理各種思想，最終仍見頗為完整而具體地，提出獨立的文學理念，尤其把這系列文章放諸冷戰時期左右翼意識形態對立、作家的獨立尊嚴飽受侵蝕的時代，更見徐訏提出的「新個性主義文藝」所倡導的獨立、自主和覺醒的可貴，以及其得來不易。

《現代中國文學過眼錄》一書除了選錄五十年代中期發表的文藝評論，包括《在文藝思想與文化政策中》和《回到個人主義與自由主義》二書中的文章，也收錄一輯相信是他七十年代

[6] 徐訏〈新個性主義文藝與大眾文藝〉，收錄於《現代中國文學過眼錄》，台北：時報文化，一九九一。

寫成的回顧五四運動以來新文學發展的文章，集中在思想方面提出討論，題為「現代中國文學的課題」，多篇文章的論述重心，正如王宏志所論，是「否定政治對文學的干預」[7]，而當中表面上是「非政治」的文學史論述，「實質上具備了非常重大的政治意義：它們否定了大陸的文學史論述」[8]，徐訏所針對的是五十年代至文革期間中國大陸所出版的文學史當中的泛政治論述，動輒以「反動」、「唯心」、「毒草」、「逆流」等字眼來形容不符合政治要求的作家；所以王宏志最後提出《現代中國文學過眼錄》一書的「非政治論述」，實際上「包括了多麼強烈的政治含義」。這政治含義，其實也就是徐訏對時代主潮的回應，以「新個性主義文藝」所倡導的獨立、自主和覺醒，抗衡時代主潮對作家的矮化和宰制。

《現代中國文學過眼錄》一書顯出徐訏獨立的知識份子品格，然而正由於徐訏對政治和文藝的清醒，使他不願附和於任何潮流和風尚，難免於孤寂苦悶，亦使我們從另一角度了解徐訏文學作品中常常流露的落寞之情，並不僅是一種文人性質的愁思，而更由於他的清醒和拒絕附和。一九五七年，徐訏在香港《祖國月刊》發表〈自由主義與文藝的自由〉一文，除了文藝評論上的觀點，文中亦表達了一點個人感受：「個人的苦悶不安，徬徨無依之感，正如在大海狂

---

7 王宏志〈心造的幻影——談徐訏的《現代中國文學的課題》〉，收錄於《歷史的偶然：從香港看中國現代文學史》，香港：牛津大學出版社，一九九七。

8 同前註。

濤中的小舟。」[9]放諸五十年代的文化環境而觀，這不單是一種「個人的苦悶」，更是五十年代一輩南來香港者的集體處境，一種時代的苦悶。

三

徐訏到香港後繼續創作，從五十至七十年代末，他在香港的《星島日報》、《星島週報》、《祖國月刊》、《今日世界》、《文藝新潮》、《熱風》、《筆端》、《七藝》、《新生晚報》、《明報月刊》等刊物發表大量作品，包括新詩、小說、散文隨筆和評論，並先後結集為單行本，著者如《江湖行》、《盲戀》、《時與光》、《悲慘的世紀》等。香港時期的徐訏也有多部小說改編為電影，包括《風蕭蕭》（屠光啟導演、編劇，香港：邵氏公司，一九五四）、《傳統》（唐煌導演、徐訏編劇，香港：亞洲影業有限公司，一九五五）、《痴心井》（唐煌導演、王植波編劇，香港：邵氏公司，一九五五）、《鬼戀》（屠光啟導演、編劇，香港：麗都影片公司，一九五六）、《盲戀》（易文導演、徐訏編劇，香港：新華影業公司，一九五六）、《後門》（李翰祥導演、王月汀編劇，香港：邵氏公司，一九六〇）、《江湖行》（張曾澤導演、倪匡編劇，香港：邵氏公司，一九七三）、《人約黃昏》（改編自《鬼戀》，

[9] 徐訏〈自由主義與文藝的自由〉，收錄於《個人的覺醒與民主自由》，台北：傳記文學出版社，一九七九。

陳逸飛導演、王仲儒編劇，香港：思遠影業公司，一九九六）等。

徐訏早期作品富浪漫傳奇色彩，善於刻劃人物心理，如〈鬼戀〉、〈吉布賽的誘惑〉、〈精神病患者的悲歌〉等，五十年代以後的香港時期作品，部份延續上海時期風格，如《江湖行》、《後門》、《盲戀》，貫徹他早年的風格，另一部份作品則表達歷經離散的南來者的鄉愁和文化差異，如小說《過客》、詩集《時間的去處》和《原野的呼聲》等。

從徐訏香港時期的作品不難讀出，徐訏的苦悶除了性格上的孤高，更在於內地文化特質的堅守，拒絕被「香港化」。在《鳥語》、《過客》和《癡心井》等小說的南來者角色眼中，香港不單是一塊異質的土地，也是一片理想的墓場、一切失意的觸媒。一九五〇年的《鳥語》以「失語」道出一個流落香港的上海文化人的「雙重失落」，而在《癡心井》的終末則提出香港作為上海的重像，形似卻已毫無意義。徐訏拒絕被「香港化」的心志更具體見於一九五八年的《過客》，自我關閉的王逸心以選擇性的「失語」保存他的上海性，一種不見容於當世的孤高，既使他與現實格格不入，卻是他保存自我不失的唯一途徑。[10]

徐訏寫於一九五三年的〈原野的理想〉一詩，寫青年時代對理想的追尋，以及五十年代從上海「流落」到香港後的理想幻滅之感：

[10] 參陳智德《解體我城：香港文學1950-2005》，香港：花千樹出版有限公司，二〇〇九。

多年來我各處漂泊，
唯願把血汗化為愛情，
遍灑在貧瘠的大地，
孕育出燦爛的生命。

但如今我流落在污穢的鬧市，
陽光裡飛揚著灰塵，
垃圾混合著純潔的泥土，
花不再鮮豔，草不再青。

海水裡漂浮著死屍，
山谷中蕩漾著酒肉的臭腥，
潺潺的溪流都是怨艾，
多少的鳥語也不帶歡欣。

茶座上是庸俗的笑語，
市上傳聞著漲落的黃金，

戲院裡都是低級的影片，
街頭擁擠著廉價的愛情。

此地已無原野的理想，
醉城裡我為何獨醒，
三更後萬家的燈火已滅，
何人在留意月兒的光明。

「原野的理想」代表過去在內地的文化價值，在作者如今流落的「污穢的鬧市」中完全落空，面對的不單是現實上的困局，更是觀念上的困局。這首詩不單純是一種個人抒情，更哀悼一代人的理想失落，筆調沉重。〈原野的理想〉一詩寫於一九五三年，其時徐訏從上海到香港三年，由於上海和香港的文化差距，使他無法適應，但正如同時代大量從內地到香港的人一樣，他從暫居而最終定居香港，終生未再踏足家鄉。

四

司馬長風在《中國新文學史》中指徐訏的詩「與新月派極為接近」，並以此而得到司馬長風的正面評價，[11]徐訏早年的詩歌，包括結集為《四十詩綜》的五部詩集，形式大多是四句一節，隔句押韻，一九五八年出版的《時間的去處》，收錄他移居香港後的詩作，形式上變化不大，仍然大多是四句一節，隔句押韻，大概延續新月派的格律化形式，使徐訏能與消逝的歲月多一分聯繫，該形式與他所懷念的故鄉，同樣作為記憶的一部份，而不忍割捨。

在形式以外，《時間的去處》更可觀的，是詩集中〈原野的理想〉、〈記憶裡的過去〉、〈時間的去處〉等詩流露對香港的厭倦、對理想的幻滅、對時局的憤怒，很能代表五十年代一輩南來者的心境，當中的關鍵在於徐訏寫出時空錯置的矛盾。對現實疏離，形同放棄，皆因被投放於錯誤的時空，卻造就出《時間的去處》這樣近乎形而上地談論著厭倦和幻滅的詩集。

六七十年代以後，徐訏的詩歌形式部份仍舊，卻有更多轉用自由詩的形式，不再四句一節，隔句押韻，這是否表示他從懷鄉的情結走出？相比他早年作品，徐訏六七十年代以後的詩作更精細地表現哲思，如《原野的理想》中的〈久坐〉、〈等待〉和〈觀望中的迷失〉、〈變

---

[11] 司馬長風《中國新文學史（下卷）》，香港：昭明出版社，一九七八。

幻中的蛻變〉等詩，嘗試思考超越的課題，亦由此引向詩歌本身所造就的超越。另一種哲思，則思考社會和時局的幻變，《原野的理想》中的〈小島〉、〈擁擠著的群像〉以及一九七九年以「任子楚」為筆名發表的〈無題的問句〉，時而抽離、時而質問，以至向自我的內在挖掘，尋求回應外在世界的方向，尋求時代的真象，因清醒而絕望，卻不放棄掙扎，最終引向的也是詩歌本身所造就的超越。

最後，我想再次引用徐訏在《現代中國文學過眼錄》中的一段：「新個性主義文藝必須在文藝絕對自由中提倡，要作家看重自己的工作，對自己的人格尊嚴有覺醒而不願為任何力量做奴隸的意識中生長。」[12]時代的轉折教徐訏身不由己地流離，歷經苦思、掙扎和持續的創作，最終以倡導獨立自主和覺醒的呼聲，回應也抗衡時代主潮對作家的矮化和宰制，可說從時代的轉折中尋回自主的位置，其所達致的超越，與〈變幻中的蛻變〉、〈小島〉、〈無題的問句〉等詩歌的高度同等。

*陳智德：筆名陳滅，一九六九年香港出生，台灣東海大學中文系畢業，香港嶺南大學哲學碩士及博士，現任香港教育學院文學及文化學系助理教授，著有《解體我城：香港文學1950-2005》、《地文誌——追憶香港地方與文學》、《抗世詩話》以及詩集《市場，去死吧》、《低保真》等。

12 徐訏〈新個性主義文藝與大眾文藝〉，收錄於《現代中國文學過眼錄》，台北：時報文化，一九九一。

悲慘的世紀

前言 PROLOGUE

人類有兩個大謎：一是宇宙的廣袤，一是時間的去處。

太空科學發達以後，人類總算可以脫離了地球的吸力。第一步人類登上了月球，第二步大概是火星了。人類是不是有一天可以脫離太陽系的羈絆，飛行到另一個恒星系去？我們還無法回答這個問題。

在宇宙中，科學告訴我們的是有無數的恒星系，無數的星雲，我們還無法知道宇宙是有限的、還是無限的。我們自然也無法知道時間到底是有限還是無限的。

但有一點似乎已經證明，人是有能力在空間中旅行，而終無法在時間中旅行。

不過，有些科學家相信，時間不過是第四度的空間；也有些思想家揣想，消逝去的時間不過是滑到看不見地方去了。——是不是在滑到另一個恒星系去了呢？

我們現在只知道一些地球上的歷史，也只知道一些地球上的故事。天文學家與太空學家雖然已經在探求月球火星以及其他行星的歷史與故事，但還沒有人知道太陽系外的另有一個恒星系裡的祕密。但我們知道在另一個恒星系裡，也有許多行星；行星中也可能有一個像地球一樣的行星，而圍繞這個行星的也正有個月球般的衛星。而那個像地球一樣的行星上，也正可以有人類一樣的動物。

作為一個幻想家，或者說作為一個詩人，我們可以想像這些都是可能的。不過那裡的太陽一定不是叫太陽，那裡的月亮也不會叫月亮，自然那個地球也不會叫地球，而那些居住在那個地球上的人類也不會叫人類，而他們的語言，也不會是人類的語言。

最主要的是那裡的時間不是我們的時間。

現在我想寫的正是那個恒星系裡的一個行星的故事。而我自然，而且必須用我們自己的概念、自己的語言來詮譯這些事物與人物。正如我們翻譯西洋的小說一樣，必須找到中國可看懂的意念與語言來表達。

我現在就沿用我們所用的「地球」、「月球」、「人類」……以及其他的一切的名詞來敘述這個故事。但是，時間，則無從核算；且假定是我們曆學上的耶穌降生前的二〇五〇的那年吧。為簡略起見，我們下面就稱為二〇五〇年。

（注：據科學告訴我們，每個星雲直徑有兩萬光年，星雲與星雲間的距離平均是兩百萬光年。我們地球下所看見的星光，有的都是千萬年前發射出來的。）

那個太陽系的那個行星中發生那樣的歷史，那個歷史上發生這樣的故事。

這個故事以後，那裡歷史慢慢也就中斷，那裡的人類也許因為戰爭已經絕滅，也許那個行星也就墮入那個太陽的懷抱，時間變成混沌，空間變成混沌。

故事是從那裡的人類的歷史開始的。

但是那裡的人類有三部不同的歷史，因為那裡有三個國家，每一個國家掌握一部歷史。

這三個國家，用我們的話來說，都是民主、自由、愛好和平的國家，但每個國家都說其他兩個國家是偽民主、偽自由與常想破壞和平的國家。

這三個國家，都擁有哲學家、科學家、社會科學家詮釋他們的社會是理想的社會，是進步的社會。世界必會向他們的理想演變，而成為天堂一般的世界。

這三個國家，都擁有不少的衛星國，好像三個太陽一樣，一個太陽的衛星與另一個太陽的衛星經常有磨擦、戰爭，這也許避免了這三個國家的直接衝突，所以這些衛星國也稱為緩衝國。

這三個國家，每個都在他們的月球上有一個戰略據點，在那裡，每個國家都儲存著足以毀滅敵國的武器，通過戰略衛星，都是能準確地命中敵國的。

這三個國家，每個都有大大小小人造衛星圍繞著他們的地球與它的衛星周圍旋轉。這些人造衛星是有不同的名稱，有的稱為戰略衛星，有的稱為國防衛星，有的稱為偵察衛星，有的稱為氣象衛星……。

這三個國家：

☵ ☲ ☰

但這只是一個客觀的名稱，而事實上他們三個不同的主觀的名稱，是看你站在那一個國家來稱呼就是。用我們熟稔的稱呼來翻譯，不妨用無產階級主義的國家，資本主義的國家，修正主義的國家來分別他們，簡稱也可說是無國、資國與修國，其中的涵義似也不必追究，更不該用現代的意義來詮釋。

在那耶穌降生前二〇五〇的三十年以前，據無國歷史所記載的，是資國與修國曾經有一次高級的原子戰爭，雙方毀了一個城市，死了三四百萬人，但隨即馬上停戰，協議和平共存。

那裡的歷史學家以這個戰爭為分界線，稱這個戰爭前的戰爭為地球戰爭時代。因為就在這個戰爭以後，這三個國家在他們的月球上都發展了一個據點。這也就是說，以後如果有戰爭，一定是太空戰爭了。

但是太空戰爭一直沒有發生，原因是大家都有月球的戰略據點，大家都有戰略衛星，這成了和平共存的基礎，只要這個和平的基礎不變，世界永遠可以維持和平共存。

但是傳統的戰爭，也即是說，不是原子的戰爭，或者說是地球的戰爭，在它們所擁有的衛星國或所謂緩衝國之間則一直沒有停過，不是東邊，就是西邊；不過這些戰爭，大家已經不當它一回事，只要這三個國家不發動太空戰爭，我們歷史學家將永遠稱之為和平共存的時代。但當這些緩衝國國際的戰爭發生時，三國為防止戰爭擴大，時時為他們調解，時時舉行和平會議。

以前有人說戰爭沒有了，科學也許會停止進步，事實上似乎並不如此。這些和平會議，也就是冷戰會議。那裡的歷史學家有一種理論，說：「歷史並沒有和平的時代，只有備戰的時代」。所以各國必須保持戰爭的狀態，各國人民必須——無論文學家、哲學家、科學家，都必須為未來戰爭服務。

在這故事開始時，那三個國家的科學家要努力的是如何去廢除戰略衛星，也即是說，他們如果能從他們月球的戰略據點，直接發射毀滅性的武器命中敵國，那麼就不再需要借助戰略衛星了。因為戰略衛星要時時補充，又容易遭敵人毀滅。所以，這三個國家，大家都覺得誰能夠先使他們月球的戰略據點直接的對地球上敵國操生死之權，誰就可以成為宇宙上的霸主。

也許那裡的人類在他們的時間中，已遠比我們現在地球上的人類進步了，但有幾件事也還是留在我們地球上相同的階段，那是：

（1）人還是有生、老、病、死。

（2）人還是不能製造「人造人」，人還是要靠配種，即使是人工的配種，來生育。

（3）人還沒有瞭解宇宙，太陽系外的知識還是非常零碎與幼稚。

（4）人不斷的用各種方法力量與血汗來創造英雄、超人或神，但都沒有成功。

一

「今天××××年九月二十日，現在是早晨六時。」

電臺報告了時間。於是，隔了一回，放出了萬人齊呼的錄音。

「無產階級萬歲，無產階級主義萬歲，無產階級國家萬歲，領導同志萬歲。」這是每天早晨電臺的第一個節目。

電臺第二個節目是國歌，其次則是領袖同志歌。這兩隻歌是每個人都會唱，從呱呱墜地起天天都聽這兩隻歌，一直到……一直到你現在的年齡。

接著是新聞報告：

某某人民公社的生產數字某某礦工的突擊生產的成績，某某工廠與某某工廠的生產比賽的結果，以及本市工人運動會中的球賽……

於是，一個親切悅耳的聲音忽然在電臺中出現了：

「同志們注意，同志們注意！

「全國工農兵同志們請注意：今天階級日報的一篇社論，這是有關於我國我黨生存的一篇社論，有關於我們全國人民精神的健康，階級意識純潔性的一篇社論。

「全國各級同志各地人民慢慢都有機會來細細學習討論研究這篇社論，但我們得優先的將這篇社論向大家介紹。

「這篇社論的題目是：

「『警惕，警惕，第三個警惕！』

「我現在要將這篇社論的重要內容介紹給諸位：

「這篇社論先說，××世紀××年代資國與修國發生了五級的原子彈戰爭，雙方毀了一個城市，死了三四百萬人民，但這個戰爭馬上停止了，雙方協議了和平共存。社論接著就告訴我們，這並不是他們真的愛好和平，而是，無恥的修正主義者的妥協性與不徹底性。所謂和平共存，就是與資本主義勾結，狼狽為奸，他們的目的就是要聯合起來對付我們無產階級國家，要腐蝕我們偉大的無產階級的黨，要併吞我們偉大的無產階級的國家，要毒化我們偉大的進步的二十億的人民。社論於是就說，為什麼我們沒有被他們腐蝕，他們沒有敢來進攻呢？社論指出這是因為我們的黨，我們的國家，我們的人民在偉大的領導之下，早已洞悉了資本主義與修正主義的用心，我們的人民學通了領導的思想，把領導的話隨時隨地記在心裡，活學活用，我們每個人知道怎麼樣同他們劃分敵我，所以我們能保住警惕，使資本主義與修正主義無所施其技……

「因此我們的國家不但屹立不墜，……

「但是，社論號召我們必須加強我們的警惕，我們不但應該加強對資本主義、修正主義的外敵應該警惕，我們還應對資本主義、修正主義的內敵提高警惕。

「無產階級主義者都知道存在決定意識。社論特別告訴我們，這存在就是外在，意識就是內在。有外在就必有內在。現在我們國外有兩種敵人，一個帝國主義，一個修正主義。我們的國內就一定也有這兩種敵人。這兩種敵人是潛伏在我們人民裡面，也可能潛伏在我們每個人的意識裡面。因此，我們必須對每個人要保住警惕，不管是多麼接近的同志、父母、兄弟、姊妹、師友；我們也必須對自己警惕，不要讓我們意識中產生了『資』『修』的意識。

「社論又說，『資』『修』主義者，希望我們中他們的毒計，我們偏要堅守無產階級的純潔；『資』『修』主義者要我們與他們和平共存，目的就是要毒化我們，我們偏要同他們劃分敵我。因此我們要警惕，警惕，第三個警惕。

「社論接著又說，為提高警惕，為對抗毒素，我們有一個最高明的武器，這是我們的領導不惜千千萬萬次來教我們的，那就是『坦白』。社論最後要我們每個人要盡情坦白。

「看自己的意識是否仍保住無產階級的純潔，社論於指出我們每個人有時自己無法看清楚自己的汙點，我們的坦白就可使同志們大家來看，使我們的黨，我們的上級，我們的同志們能及時幫助我們找出汙點，免得我們再墮落下去，不可收拾。

「我們還要坦白我所見到的同志們，親人們，為他們來坦白，幫助他們保住無產階級的純潔。

「我們要坦白自己，要坦白自己接近的人。此外，還要坦白自己所屬的黨的細胞，使自己所屬的細胞永遠具有無產階級的純潔。

「因此，我們必須發動各級幹部多開坦白大會，每個小單位每天應該開一次，一個機構，星期早晨周會中，必須嚴肅地執行真正的坦白。……

「社論最後指出坦白就是警惕！

「警惕，警惕，第三個警惕！」

二

工廠的擴音機這樣轉播電臺的節目，這是硬性規定的。

全國的工廠宿舍的工人們都在萬人齊呼萬歲的聲音中醒了。

他們就在國歌領導同志歌的歌聲中盥洗，在新聞報告中去餐廳裡吃飯，快樂的勞動的日子就開始了。

他們雖然也聽到社論的報告，但普通工人不必很注意，因為到晚上，組織上就要召集開會學習討論，那時也就什麼都清楚了。

可是，S市第三紗廠的女工程秀紅，聽到了社論的報告，心中起了說不出的波動。

程秀紅是一個十九歲的工人，是黨所教育所培植的一個工人。她在小學裡就是紅巾隊的隊員，在技術中學裡又是先鋒隊的隊長。畢業後，到了工廠裡工作，住在宿舍裡，過的是集體生活。早晨在萬人齊呼萬歲中醒來，默誦著國歌、領導同志歌中盥洗，在新聞報告中吃飯，接著是一天的勞動。晚上有時參加突擊工作，有時開讀書會，有時參加文娛會，有時工廠裡有電影，有時有舞會。星期日有時有廠際球賽，有時有團體的郊遊。她生活得非常有勁，生氣勃勃，愉快活潑。

許多同志們稱讚她美麗，但程秀紅從來沒有想到它，她很少機會去看鏡子。只有在洗澡的時候，她對自己修長健康的身材與堅實的乳房，才感到一些自滿。許多人說她有一個「孩兒面」，她對自己的臉龐並不太喜歡。她覺得太圓。但每當她露出笑容時，她臉上的兩顆笑渦與整齊的前齒，她自己也覺得驕傲。她有一對大而發亮的眼睛，同志們說她應該養起兩條辮子，這可使她更美麗，但是她還是只留著短短的頭髮。

她屬於第四大隊第七組，大隊長叫丁德中，是一個四十來歲矮黑的女人，面孔方方，非常和氣，是一個精力過人，總是比別人早上班晚下班的人。組長叫史文，是一個二十七歲的掛著兩條長辮子的很冷靜的女子，她對組員非常關心，但又很認真；開會時候，她批評組員總是低著頭看著她手中的紙張，從不去看被批評的人，但在平常，她則一直面帶笑容的看著人家視線來招呼。程秀紅對丁德中與史文敬愛非凡，完全看作自己的師長一樣。她覺得她們的話都是應該接受的，她們的行為都是應該模仿的。

程秀紅一直在組織裡生活，她沒有組織以外的欲望，也沒有組織以外的思想，她愉快安詳，正如順著一條欄得整整齊齊的道路走路一樣，眼睛一直看在前面，也決不會走錯路的。

可是，兩個月以前，紡織技術工作委員會派來了一個工程師，他是來與廠長及黨支部書記研究改良生產工作的，在廠裡作半年的考察與研究。據說他與黨支部書記是老朋友，廠長又是他的同學，所以他來到這裡，三個人過著很融洽與快活的生活。

這個叫做蘇洛明的工程師大概有四十歲，身材高高的，眼睛灼灼有光，他很快就同廠裡的大隊長組長們弄得非常熟稔。於是在一個慶祝生產超額的晚會裡認識了程秀紅，他同程秀紅談到國內幾個遠比S市第三紡廠要大的別的紗廠，他告訴程秀紅他寓所裡有那些照片，於是就約程秀紅星期日到他那裡去吃中飯，去參觀這些比較進步紗廠的照片。但是程秀紅拒絕了他，因為星期日廠中有一個遠足會，她已經參加了。

第二天中午，大隊長丁德中召見程秀紅，程秀紅以為有什麼事，誰知一到大隊長那裡，丁德中開口就問：

「昨天晚會裡，是不是蘇洛明請你去吃飯？」

「是的。」程秀紅臉上有點熱，她想不到大隊長曉得這麼快，她說：「我正想在晚會上向小組裡反映。」

「很好、很好。」丁德中方方的臉龐笑起來更顯得和氣可親：「你預備去嗎？」

「我已經拒絕了他，因為我們不是有個遠足會嗎？我已經參加了。」程秀紅說。

「我倒覺得你不應該拒絕蘇洛明同志的，他是一個值得敬愛的同志。」丁德中笑著說。

「可是……」

「我想，」丁德中打聽了程秀紅的話，笑容可掬的說：「你不妨同你們的組長好好商量商量，再作決定。」

程秀紅從大隊長那裡出來，心裡很不自在。她檢討自己，覺得不馬上向組織報告蘇同志請吃飯實在是一種錯誤。大隊長的話是反面的說她不應該不向組長報告而自作決定呢？還是因為她沒有反映，而猜想她是想接受蘇同志的邀請呢？究竟大隊長從何處知道蘇同志請她吃飯呢？

是不是蘇同志向黨支書記反映了而被大隊長知道了呢？

程秀紅猜不透大隊長的意思，她就坦白的向史文組長報告蘇同志提議的種種同她商量。史文組長馬上說：

「如果你覺得不想去遠足了，很容易，我把你的名字圈掉就是了。」

「可是，」程秀紅說：「我不知道我是不是應該接受蘇同志的邀請。」

「這是你自己的事情。」

「可是我是屬於黨的，為黨的利益，為革命……」

「你很可愛，這是真正革命者的精神，」史文微笑著用冷靜的目光注視著程秀紅說：「但是星期日是黨給你的假期，你可以自由選用。蘇同志是一個可敬佩的同志，你也許可以從他那裡學習到一些別人那裡學習不到的東西，譬如他要給你看的進步的紗廠的照片，就是很難得的一種見識。」

「不過，我已經拒絕了他。」程秀紅說。

「他會來接你的，星期日上午，你在宿舍等他就是了。」史文冷靜地笑著說。

三

星期日上午，蘇洛明同志果然駕著汽車來接她了。汽車之新舊大小與幹部級位之高低本有一定的階次，普通從汽車的大小新舊就可以看出主人的身分。三級以上的幹部都供給司機，自然，主人高興時也可以自己駕駛。蘇同志自己駕車而來，可能還不是三級幹部，但是從汽車的身分看，他至少不會低於五級吧。

十九歲的程秀紅對於這些並不內行，但因為大家對於上級領導人的注意，她自然也有了這種識別的能力。

程秀紅一直在團體中生活，她坐過無數次團體車，上學、參觀、遊覽，一車子裝了幾十個人，大家嘻嘻哈哈，唱歌歡呼，這是她所熟識的；她從來沒有想到自己會有小汽車，會坐小汽車。

所以當她坐進蘇洛明的車子裡，她覺得非常不自在，但也覺得好奇。

她四周觀望，發覺後面的座位竟沒有人；而坐在她旁邊的則是一個五級（？）的同志。

她一時感到說不出的驕傲，一時又覺得有點難為情。她很怕碰見同事，幸虧大家都已去遠足，她躲在座位裡，低著頭，車子就從廠裡出來了。

蘇洛明駕著車子駛出了工廠，轉入了一條兩旁有樹的大路，才開始談話，他問：

「程同志，你是第一次單獨同一個男同志出街吧？」

程秀紅點點頭。

「你對於你的工作喜歡嗎？」

程秀紅又點點頭。

蘇洛明大概看程秀紅又害羞又害怕，也就找不出說什麼話，車子從一條馬路到另一條馬路，蘇洛明不斷的偷看程秀紅，半天才又說：

「你還沒有對我說一句話呢？」

「我……不會說話。」程秀紅說。

「你有什麼不高興嗎？」

「沒有。」

「那很好，我怕你真的不肯來。」蘇同志忽然說：「我就住在那面。」

程秀紅馬上看到前面的大樓，那是一所公寓房子。程秀紅雖然在團體旅行或參觀團的公共汽車經過時，聽到人家說起過某某一些高級同志住在那裡，她從來沒有起過妒忌或羡慕一類的情感。她覺得她自己住在八個人一間的工人宿舍是很自然的，而高級同志們住在華麗的大廈中也是天經地義的事情。

「就在這裡？」程秀紅詫異地問。

車子駛到裡面停車場，停車場上一排排都是相仿的汽車。

「我住在第九樓。」蘇洛明說。

程秀紅跟著蘇洛明上了電梯，她忽然覺得自己的衣服有點不對頭。在無產階級國家裡，衣服不過是保護身體，但工農兵的服裝很自然的有一種制服的傾向，在這樣華麗的大廈中，穿工人服裝就顯得有點不調和。她在電梯鏡子裡看到自己的樣子，不知不覺面紅起來。

到了九樓，蘇洛明到九〇一二號用鑰匙開門，讓程秀紅先進去。程秀紅一到裡面，滿眼都是不認識的東西，不覺楞了很久；等蘇洛明挽著她的手臂，才跟著走動。她馬上發覺腳下軟軟的藍色的地毯，同正對大門的一個擱桌，上面放著盆菊花。後面是一面大鏡子，鏡子裡正是那盆菊花，花後就是程秀紅同蘇洛明。但蘇洛明明並不注意這些，他帶程秀紅從右面進去。那是一間光亮的大廳，四周牆上掛字畫，其中一幅是文藝協會會長大詩人彭強恭錄的領袖同志滅字沁園春。彭強同志曾經為號召工人購買公債來廠裡演講過，所以程秀紅有印象。

這時候，裡面出來了一個四十幾歲的女人，端著兩杯茶。蘇洛明為程秀紅介紹說她是張同志，是一個很好的廚師。本來星期日是她的假期，但就為程秀紅來吃飯，所以中飯後才出去。程秀紅非常難為情接了茶，表示謝意。

蘇洛明招待程秀紅在藍灰色的沙發上坐下，他過去開了收音機，收音機播送出緊張而尖銳的嗓音。

「……我們要與修正主義劃清敵我，修正主義與無產階級主義的矛盾不是人民內部的矛盾，是敵我的矛盾……」

蘇洛明關了收音機，一面說：

「不錯，當然是敵我的矛盾！」

他忽然選了了一張唱片，放在唱機上。

音樂是一種非常幽雅的音樂。程秀紅覺得非常奇怪，她會唱許多革命的歌曲，她聽過許多音樂，但沒有聽過這種音樂，她問：

「這是什麼音樂。」

「這是資產階級的古典音樂。」蘇洛明說：「你喜歡嗎？」

「我不喜歡資產階級。」

「自然，所以我們要用批評的眼光來聽這些音樂。」蘇洛明說。

程秀紅在剛進來的時候，感到很不自然，但在聽了幾曲音樂後，她就開始安詳下來。

不久，張同志進來說已經開飯了，蘇洛明帶程秀紅到了飯廳。

飯廳圓桌上放著六道菜，兩副碗筷。

「只有我們兩個人？」

「我只請你一個人。」

「那麼……？」

「這裡只住我一個人。」蘇洛明說。

程秀紅沒有說什麼，但她想到她自己工廠裡的宿舍，八個人住一間房子；而她還知道有十二個人一間的工人宿舍。

桌上放著冰桶，冰桶裡放著一瓶酒。蘇洛明從櫃裡又拿出兩種酒。

「你喜歡喝酒嗎？」

程秀紅在慶祝國慶日等場合中也喝過酒，但沒有見過這種瓶子裝的酒，也好奇地望了望。

「你先喝這種試試。」蘇洛明為她倒一杯，是紅色的。

他自己也倒了一杯，他要程秀紅同他一同乾杯。於是他從冰桶裡拿起另外一瓶酒說：

「這是香檳酒！你喝過嗎？」

「香檳酒？這不是資產階級們享受的東西嗎？」

「現在我們無產階級可同樣的來享受了。」蘇洛明笑著，他用熟練的姿勢開瓶，房中響起了一聲清脆的有趣的聲音。

喝了酒，蘇洛明接著介紹桌上的菜。程秀紅本來只看到模糊地一大堆，現在開始注意到每一隻的特色。

炸雞

蝦仁

鯽魚

香草炒青菜
紅燒肉
火腿冬瓜湯

蘇洛明不斷的挾給程秀紅，程秀紅吃得很多。

下午，蘇洛明拿出家庭電影，把他所說過的紗廠及他所旅行的風景等等放映給程秀紅看。看完電影，程秀紅要回去，蘇洛明沒有留她，但他約她下星期六晚來吃飯。

「星期六也許要開會。」

「你不妨先向組長報告。」蘇洛明說。

蘇洛明送程秀紅回去。程秀紅說要自己回去。蘇洛明似乎很瞭解程秀紅的意思，他說他只送她到工廠的門前。

程秀紅也就接受了。

四

這是程秀紅與蘇洛明交友的開始。程秀紅當天就很喜歡蘇洛明，當她到宿舍以後，她覺得有一種說不出的不安。

她於第二天就把那天的經過報告組長，組長要她星期六等蘇洛明來接她。以後幾個星期日，程秀紅都同蘇洛明在一起。蘇洛明帶她看戲吃飯逛公園，她看到了從來沒有看到過的世界，她雖然很喜歡見到蘇洛明，但她心裡也起了一種莫名其妙的煩惱。她自己也說不出這是為什麼。她心中似乎生了許多問題。一個接一個無法解答的問題。

譬如工廠裡的伙食，八個人一桌總是不十分夠吃，可是蘇洛明同她兩個人吃飯，總是又講究又豐富。她就覺得這很難瞭解。黨既然為工農兵服務，為什麼要工人們吃得這樣不好。她還記得她曾經到農村的人民公社去過，農民們吃得還要壞。第四次到蘇洛明家去，她發現蘇洛明公寓已經有了暖氣。那才是九月初的天氣，而廠裡正有節約燃料的號召。這些疑問她對誰沒有說，但積在她心裡成了一種苦痛。她偷偷地拿領導同志的語錄及經典的書籍來讀，她發現她這種疑問可能是平均主義的思想，是能一種要不得的思想。但她仔細分析自己，覺得自己並不是想同上級過相同的生活，問題是黨為什麼不向蘇洛明這樣上級同志們號召節約？

程秀紅本來是快樂安詳，什麼都依靠黨，信賴組織的工人，現在與蘇洛明交往，忽然發生了這些苦悶。但是她並不能拒絕蘇洛明的友情，她很喜歡蘇洛明，同他在一起覺得很有依靠，在他的公寓裡尤覺得清靜。她本來聽慣了工廠裡的擴音機，各種革命的歌曲，各種號召，各種演說，她覺得每種聲音對她都是鼓舞。現在每從蘇洛明那裡回去，對擴音機的聲音都有點害怕，就是早晨千遍一律萬人齊呼的萬歲同國歌與領導同志歌，她聽了也覺得有一種威脅。

九月二十日廣播報告出階級日報的社論，她心中忽然有一種特別的波動。因為社論的話與蘇洛明告訴她的有大多出入了。

在前幾個星期，在蘇洛明家裡，蘇洛明曾經告訴她，他父親是因原子塵的毒而死的。他說：

「這原子塵就是來自那次資本主義與修正主義的原子戰爭。」

「可恨的資本主義與修正主義！」程秀紅說。

「自然，但幸虧他們雙方只發一個原子彈，否則這世界真的都毀了。」蘇洛明說：「這次倒是一個很好的教訓，人類開始知道原子戰爭不是鬧著玩的。」

「可是聽說這是修正主義的妥協性，他們沒有勇氣去真正與資本主義作戰。」

「也許他們知道毀了資本主義，自己也一定要被毀，所以及時議和，彼此決定和平共存了。否則這世界也許早不存在了。這總是人類的智慧。」

「有人說他們和平共存正是要來對付我們的。」

「可是我們無產階級國家也正有足夠的氫氣彈、氦氣彈，他們怎麼敢來侵略我們。」

蘇洛明這些話，程秀紅當時就覺得不見得正確，現在階級日報的社論的意見更證實了這點。她忽然想，是不是蘇洛明的意識裡已有了修正主義者的毒素了呢？

在廠房中，程秀紅心裡一直不安，到中午歇工時，她趕到報紙牌示前，細讀那篇「警惕，警惕，第三個警惕。」的社論。

她讀了三遍，覺得作為一個忠實的黨員，她必須把蘇洛明的話坦白出來才對。她知道今晚飯後的組會中一定要討論到這篇社論，她是不是要作這個坦白呢？

「我想這正是黨的號召！」

「可是蘇洛明是上級，並不屬於我們的組內，我沒有權利也沒有義務去坦白。」

「我只是坦白我所聽到的。」

「那麼證據呢？我沒有聽錯嗎？他說的是不是沒有別的意思？」

「正如社論所說，我要幫助他保住無產階級的純潔。」

「那麼為什麼不在下次見到他時，單獨同他談談。」

「也許他對於黨的意志有更深的瞭解。」

程秀紅讀了社論後，一問一答不斷的自己考慮，一直到晚上。晚上小組會，組長果然提到了這個問題，號召各人坦白資本主義與修正主義的意識。組長先要大家聽領導同志的演講錄音，這是從擴音機播送出來的：

「……現在世界只有三個國家。一個是資本主義國家，一個是修正主義的國家，一個是無產階級主義的國家，無產階級主義的國家是我們的祖國，所以也叫無產階級國家。我們是無產階級，所以我們愛我們的國家。資本主義國家內的無產階級，也愛我們的國家，因為我們是無產階級的祖國，不過他們被暴力控制著，一時無法反抗，一旦有機會，他們就會是我們的朋友。修正主義國家的無產階級，也愛我們的國家，也是被控制著，一旦有機會，他們都會幫我們。所以雖然他們資本主義國家與修王主義國家和平共存，狼狽為奸地與我們為敵，我們還是不怕他們的，他們的無產階級是屬於我們的。可是資本主義國家與修正主義國家的統治者也知道這一點，他們一面不斷的壓迫國內的無產階級，一面則要出口他們資本主義與修正主義的思想來毒化我們，他們說：

「『我們已經試過一次原子戰爭，只是三級的原子戰爭，兩國已經死了近千萬的人民，毀了兩個大城市，我們及時覺悟，覺得戰爭只有毀滅，所以我們要和平共存。我們雖然是不同的制度，但要互相尊敬，各謀發展，交換科學知識，交流文化藝術；我們兩國已經順著這個軌道前進，所以我們也希望你們無產階級的國家來共同合作，承認和平共存的原則，互不侵犯。』你們聽聽他們的話多好聽，可是他們的目的是什麼呢？是要毒化我們，是要我們放棄革命的原則，是要我們忘記在他們國家裡被他們剝削奴役的十分之八的無產階級，是要我們忘記這些日日夜夜期待我們去解放的無產階級兄弟們。

「正如今天階級日報的社論所說的，有資本主義與修正主義的存在，也就會有資本主義與修正主義的意識，有資本主義與修正主義的意識，也就會產生資本主義與修正主義的敵人，他會在我們隊伍中，他會在我們的講堂中間，他會在我們宿舍中間，他會在我們客廳中間。我們現在要喚醒他，要坦白他，要幫助他，我們要他覺悟，我們要他們自己坦白。好了，現在我們大家坐下來，像一個堂堂皇皇的無產階級，好好的來討論。」

接著組長就要每個人發言。

開會的慣例，是每個人必須發言。

每個組員都是年輕的女工，他們都是黨所培養與教育出來的，除了黨的號召外，沒有聽到也沒有想到過任何其他的說法。所以這個小組的組會並沒有太嚴重的坦白期待。照經常的程式，組員發言是先罵修正主義與資本主義的無恥與下流，再頌揚修正主義國家與資本主義國家內無產階級的階級友愛，最後是自己保證警惕，以領導同志的思想武裝自己，聽領導同志的指示，執行領導同志的命令，有的則坦白自己死去的祖父過去的天下太平和平共存的小資產階級式的幻想，或者正是中了修正主義者的毒，變成了唯心論的投降主義者。

程秀紅發言的時候，內心始終想念蘇洛明，她一再想坦白她從蘇洛明那裡聽來的話，但終於沒有出口，主要的原因是組長沒有鼓勵她。組長只要求各人在工作上接觸的人中做坦白的文章，而隨即誇讚他們無產階級性的純潔，程秀紅也就沒有機會深入來坦白。

五

星期六下午，程秀紅會見了蘇洛明。蘇洛明帶她到自己的寓所，程秀紅沒有坐下來就說：

「蘇同志，我們那天開了坦白組會，我幾次都想把你同我說的話坦白出來。」

蘇洛明笑了，他拍拍程秀紅的手說：

「我對你說的話，都是玩笑話，怎麼能當真呢？」

「可是你說過，資本主義與修正主義的和平共存是人類智慧的運用，是不？」程秀紅說：「這不是與黨的教訓不同嗎？你難道沒有讀階級日報的社論嗎？」

蘇洛明一時愣住了，但隨即好像恍然大悟的說：

「啊，對了，我真的講過這種糊塗的話嗎？真是，謝謝你提醒我，這才是同志間真正的幫助，你知道我近來太忙於技術上的事情，政治的感覺麻木了，謝謝你提醒我；你這樣一提醒我，我就更知道自己警惕了。」蘇洛明一面說著，一而又像感動，又像感謝，又像高興似的抱著程秀紅吻她的嘴唇。

這是蘇洛明第一次吻程秀紅，也是程秀紅第一次接觸到男人的嘴唇，兩個人都流了眼淚。

蘇洛明說：「你可以做我妻子嗎？」

「你是說要我……」

「我愛你，你知道我一直在愛你。」
「我也……我也在愛你。」
「那麼，同我永久在一起吧，你是一個最純潔的無產階級，你可以永久幫助我提高警惕，使我不至於被修正主義毒害。」
「可是，可是……可是我還不能夠結婚。」
「為什麼？」
「我只有十九歲，黨規定我們最早要二十歲才可結婚。」
「你才十九歲？你幾月生日？」
「四月八號？」
「啊，那還有五個月，你就二十歲了。」
「但是組織上會批准嗎？」
「我們再研究怎麼去申請。」蘇洛明又吻程秀紅一下，拉著她的手說：「不過現在我在這裡任務已經完成了。我下個月要到P城去，我被調到在文化學院工程研究所去。」
「那麼我在這裡等你，到明年五月，我申請結婚試試。」
「不，不，我想你現在最好申請到P城文化學院去讀書。如果批准了，那麼我們也許就可以一起去了。」
「真的，你說黨會批准我去讀書嗎？」

「我現在自然不知道。我且問你，你的工作紀錄好嗎？」

「我上過三十幾星期的優秀榜。」

「真的，那好極了，」蘇洛明說：「你可曾犯過什麼思想上的錯誤。被小組檢討嗎？」

「從來沒有。」

「那好極了，這就很有希望。黨是經常愛護忠誠與優秀同志的，你既然是一個好黨員，也就是領導同志的忠實學生，我想我們英明的黨一定會批准你到P城文化學院去讀書的。」

「你真的愛我嗎？」

「你難道不相信我？」蘇洛明說著就把程秀紅抱在懷裡，程秀紅並沒有拒絕他，她已經深深地愛上蘇洛明了。

無產階級國家的愛情，也許有我們不瞭解的地方，但也正有同我們一樣的地方。那天下午他們過著最值得人羨慕的愛情生活。

第二天程秀紅就坦白地報告組長，並且申請到P城文化學院去讀書。大概不到一星期，程秀紅的申請就批准了。

程秀紅自然以為這是因為她是優秀的無產階級的緣故，而蘇洛明也是這樣說。

於是，在兩星期後，程秀紅就同蘇洛明到P城去。為沿途觀光，他們要在幾個城市以及幾個風景區停留，所以他們沒有搭飛機而搭火車。這是因為程秀紅一生沒有離開過S市，借此想多看些地方。

程秀紅一直是忠實的青年團員，忠實的黨員，優秀的工人。她覺得黨太可愛了，照顧她真是無微不至，讓她去讀書，讓她同她的愛人在一起。明年她就是二十歲，她可以結婚，她可以有孩子，這可多幸福。程秀紅一路上有說不出的幸福，但在所見所聞中，她心中有許多無從解答的疑問。

譬如她在遊T山時，就看到幾十人在石礦中工作，那是十月裡天氣，可是這些人都穿著單薄破舊的衣衫。

程秀紅問蘇洛明，蘇洛明告訴她這些可能是反動份子。程秀紅說：「黨在很久以前已經宣佈沒有反動份子，而所有以前的反動份子不都已自新改過，自動改造了嗎？」蘇洛明說：「那麼也許是從修正主義國家解來的俘虜。」程秀紅聽了還是不滿意他的解釋。

在Y河旁邊，程秀紅還看到一個人民公社。裡面社員們就住在泥屋裡，那已是十一月的季節，大家還穿著夏季的制服。在他們的飯菜中，除了番薯湯，只有糙米飯。程秀紅後來問蘇洛明，說她所知道的全國農民生活早已非常舒適，每個人民公社都有娛樂室、運動室。蘇洛明笑著說，飯廳角落有一架無線電、一架電視機，她怎麼會沒有看見？還有是這些飯桌在不吃飯的時候，拼在一起也就是乒乓球檯子。而且一定會常有巡迴電影在那裡放映的。蘇洛明的解釋並不能使程秀紅滿意，但程秀紅也沒有再問下去。

程秀紅投在蘇洛明的懷裡時的確忘記了一切，但當她想到黨的時候，她覺得以黨同蘇洛明相比，她愛黨自然要高於愛蘇。她早就聽說愛情是小資產階級的情感，她時時警惕，不要因為愛情而疏忽了黨才對。她記得她讀過一本歷史小說，裡面說一個女革命家愛上一個反動軍官，但後來終於把他槍殺的故事。她很慶幸蘇洛明不同於那書裡的男人，是優秀的無產階級工程師。但是黨為什麼要如此優待蘇洛明，如此優待自己，而不照顧人民公社裡的那些農民呢？

六

P城文化學院是一個偉大的學府，裡面有研究所，大學部，專修科，及數不清的長短期的訓練班。程秀紅是在一年期的工人訓練班裡。那一班有五組，她在第三組。

這是一個完全不同的世界。程秀紅一到裡面就發覺裡面每個人同紗廠裡的人完全是不同的。究竟文化學院有多大，她起初無法知道。她見到最高的是班組主任與黨組主任，這兩個主任也同別的學生一樣，只是幫助她填表註冊進宿舍上課一類的事情。

慢慢的就有人告訴她這個文化學院裡有十八個大學二十九個研究所，三十個實驗中學，還不算其他的研究班與訓練班。這十八個大學與三十個中學裡的學生都是高級幹部的子弟。研究班則是各地調訓來十級以上的現任黨政官員，訓練班則是各地工廠保送來的優秀工人。文化學院的院長由領導同志親兼，副院長有三個，自然都是領導同志親信的幹部。所以文化學院正是一個最高的人才集中之地。程秀紅慢慢也看到那些坐著汽車與機器自行車在校園裡來往的青年男女，他們卻是大學部的學生，口裡唱著歌，嘴唇吊著香煙，還有幾個常常到訓練班來看新來的美麗的學員。訓練班的學員並不同大學生有任何來往，無形之中好像訓練班主任也不許他們這樣做。程秀紅的生活過得很快活，只是她常常有很多的疑問。她自己除了上課及到實習室工作幾小時外，沒有什麼事，比她在工廠裡的工作不知要清閒多少。她的宿舍是四個人一間，房子比工廠裡的八人一間的宿舍要大一半。早晨也沒有擴音機的萬歲叫囂，每人有床有書桌有櫃子外，房中還有一個冰箱與一個電視。伙食是由工作同志開到房裡來，甭說，每餐不是有肉，就是有雞。

程秀紅常常想著工廠裡的同志們，想到人民公社裡的農民，想到石礦裡的反動份子，她心裡總覺得黨對她照顧太多。有一次在吃飯時，她不知道說了句什麼，同房的范同志忽然說：

「你沒有知道大學部的生活，他們每個人都有兩個房間，一個勤務同志，有冰箱、電話、電視……你知道嗎？」

「那些大學生一定是對黨對國家有很特殊的貢獻了。」

「自然，他們父母都是黨國的要人，對黨國當然是很有貢獻的。」范同志冷笑一聲說。

「快不要這樣說，同頭黨組主任聽見了，也許……」另外一個同房的陸同志說。

「啊，她也是一個工人出身，她自己也是這樣說：我們是真正無產階級，他們是要人的子女。」

程秀紅聽她這樣說，心裡很有感觸。但是她沒有說什麼。

班組裡晚上也開會，但並不要坦白什麼；通常都是聽電視裡的演講，班組與黨組主任請大家發表意見，作個結論，而班組主任對她們都非常客氣，常常用關心的語氣，問她們生活得是否習慣。

星期六或者星期日，程秀紅總是到蘇洛明那裡去。他有一個很漂亮的房子，在學院的樹林裡面。程秀紅在那裡過了一天又甜蜜又安靜的生活。

而她，也就在這一天裡，她要把她心中的疑問請教蘇洛明，自然也提到為什麼黨要如此照顧要人的子女，似乎成了一個特殊的不從事勞動的階級。

蘇洛明對此只是笑笑說：

「你是我的未婚妻，以後我想要注意怎麼樣的愛你。我們都是黨員，對黨的安排，我們只有相信不必疑問。黨一定比我們有智慧，黨一定比我們正確，黨的安排自然不會錯。我們只有問自己，有沒有聽黨的話，有沒有完成黨交給我們的工作，別的我們不用也不必去管，是不？」

「但是，黨不是號召我們要盡心盡意為工農兵服務嗎？而我們是無產階級的國家，是無產階級的黨，我們……」

「但是我們現在早已沒有資產階級了，我們都是無產階級，是不？」

「可是真正無產階級是工農兵，是不？」

蘇洛明忽然哈哈大笑，抱著程秀紅不斷的吻她：

「親愛的，你太純潔了；從今天起，你千萬不要問這些問題，這些問題已經有英明的黨在處理，我們不要管這些。我們相愛，我們再過幾個月就可以結婚，我們可以過很快活的生活，我們……」

「你這種想法，是不是……」

但是蘇洛明吻著她，程秀紅沒有說下去。陶醉在愛情裡的程秀紅一時忘了這些問題，但是一同到學校，這些問題又起來了，而越來越多。

在她同房的同志中，除范同志與陸同志外，還有一位林同志。林同志是個省瓷器廠繪畫的工人，名叫做冰士，生得小巧玲瓏，圓圓的臉龐有兩個酒渦，一排纖小的前齒，挺直的瘦瘦的身材，烏黑的頭髮，最令人注意的是她的一雙白皙的手，手上有長長的像花瓣一樣的手指。要是在修正主義或帝國主義國家裡，她一定是一個資本家的女兒；現在她在無產階級的國家裡，又是被保送到文化學院練訓班來的工人，自然是忠貞的無產階級無疑。

林同志說話很低聲，開口前總是微笑，舉動緩慢，謙讓第一，進進出出，一點沒有聲音，上課下課，起床就寢，被鋪衣著書桌文具一絲不亂。她比程秀紅早來三個月，據說正同大學部一個學生在戀愛。據陸同志說，那位大學部的學生姓劉，是國防部副部長的兒子，他窺伺林同志很久，林同志不敢理他。後來劉度斌通過了黨組主任的請吃飯，才與林同志交往，而林同志很快就愛上他了。

程秀紅與陸同志，范同志對於大學部的生活都有興趣，所以不斷的問林同志，關於大學學員們的情形。

原來大學部的學員雖都是高級幹部官員子弟，但並不相同，大致說來可說有兩派，一派是知道自己是特殊的重要人物的子弟，所以要特別努力，將來好為黨國服務，做接班人；一派是完全依仗父母的權勢，胡作非為。而劉度斌就是向上的一派領袖之一。他每年都發動下鄉下廠下軍隊，他還寫大字報批評不爭氣的份子。

有一天，林同志回來，帶來了一份文化學院月刊，原來這是大學部出版社出版的刊物，裡面有一篇劉度斌寫的文章。

劉度斌的文章是批評人工生育的措施的，題目是「黨性的純潔與人工生育」。

程秀紅對於人工生育的措施種種，從來不知道，從來沒有聽說過，也從來沒有想到過，所以讀起來覺得非常有興趣，她感到自己知道得實在太少了。劉度斌的文章先說：在現階段，黨為保持黨性的純潔，無產階級精神的健全，實行生育統制。黨一方面規定普通人的生育先要得到黨的批准，未獲批准的則強制打胎，另一方面則將黨性最強天才，卓越的同志們的精液儲存，選無產階級健康的女性每年作有計劃的人工生育，黨一方面又強迫非黨員的夫婦們禁育與墮胎，這個措施是根據遺傳學上某種學說而規定的。這種遺傳學說實際上並沒有獲得科學的絕對的證實，而幾十年來我們科學家又一再證明遺傳是生理上的事情，與高級建築的文化天才政治意識關係極微。同時，我們的無產階級國家這些年來的進步，人民靈魂中殘存的資產階級的意識也越來越淡，那些未入黨的人民也決不是不願入黨，而是在崗位上黨還不以為需要他們入黨，所以他們決不是缺少無產階級的意識。幾十年來的這些進步，是我們無產階級國家的一種勝利，但我們的生育統制的措置並沒有因這些進步而改變。

劉度斌的文章在說明這些理論以後，忽然提出了程秀紅想不到的事實，他說：

「在去年被清算的被修正主義收買的五個反階級份子中，三個都是黨以人工受孕創造出來的人物。雷及鋒的父親曾擔任過政治局第一書記，孫白濤的父親曾擔任過保衛局的局長，蒲光寒的父親曾擔任過國防部副部長，這些人均是一生忠於黨國的人物；這三位的母親，都是從工廠精選出來的健康的女性。這個事實的揭露使我們生理學家，心理學家，神經化學家，細胞組織專家，以及許多思想學家都起了很大的波動。……」

接著劉度斌談到了學術上新奇的假定，他說：

「科學家們認為，父母兩系的才賦與智慧的結合，往往會產生意想不到的特別的素質，所以雖是兩個屬於無產階級的卓越天才作為生育的結合，可能產生一種違反階級利益完全自私的人物。因此為便於統制起見，母系的因素必須絕對單純，其要求是①無產階級②面貌端正③身體健康④最好是文盲。這也就是說，黨要母系是一張白紙，可以很清楚的顯出父親的色澤；否則倘若母系是一張有色的紙張，那麼碰到父親的色澤，就會變成意想不到的東西。

「這種理論是不是正確，我們無法絕對證實；但現在因為這三個反階級份子的出現，我們科學家對這個問題發出不同的意見，從我狹窄的所見到的報告而言，大概可概括成三類：

「第一類：這批學者認為過去黨的措置並沒有錯，錯的是當時科學家忽略了母系問題，他們認為作為白紙式的人是沒有法子存在的；生而為人，就有了某種顏色。這些文盲的女子，可能就潛有某種素質破壞了父系的優秀的純潔的成份。

「第二類：這批學者認為這些罪犯的父親，是從鬥爭中建立偉大的人格與純潔的黨性的。而這些罪犯則沒有在鬥爭中生長，所以在尖銳的鬥爭中，經不起修正主義思想的毒化。

「第三類：這批學者辯證地認為每樣東西每個人都有正反兩方面的素質。一個偉大的革命者往往有他反革命的成份，但他從素養與學識中，獲得了判斷與克制的能力，所以他可以成為完善的革命家。這些子孫，因為沒有素養與學識，所以墮落而為反革命者。因此黨除了生育同志辦法以外，對這些人還要加以某種特別的訓練，使他們的才能不至於墮入邪道。」

劉度斌的文章在敘述這三類意見後，他對他們一一加以批評，他認為他們的論證不夠科學。所以實施起來，徒然陷於同樣錯誤。最後，他大膽的提出自己的意見，要求黨放棄這種生育統制的政策，他具體的要求黨放棄用儲存的精蟲給女性人工受孕，他認為女性在天然的愛情受孕時與人工受孕時心理狀態與精神狀態大不相同，這些不同也足夠影響胎兒的素質。他還反對黨對於非黨員的人們強制禁育與打胎。他說，黨應當因為他們有了胎兒，而讓他們入黨。他覺得黨接受了父母的入黨，胎兒有黨性是很自然的事情……。

程秀紅讀了這篇文章後，不知怎麼，她對劉度斌起了很大的敬意。她從來不知道黨有這種統制生育的事情。她覺得這當然是當初資產階級尚未完全消滅時的一種措置，現在既是無產階級的國家，自然不需要再有生育統制了。

程秀紅另外還有許多問題，她同林冰士談起，並表示對劉度斌的敬仰。林冰士就介紹她與劉度斌相識，於是又從劉度斌那裡認識一些大學部的學生。程秀紅由此而聽到了不少從未聽見的事情與從來未聽到的理論。

劉度斌的那篇文章引起了不少討論的文章，這些文章都是散見於刊物上，而大學部圖書館居然有這些刊物。在訓練班的圖書室中，則只有工人消息與普通的日報，自從上一世紀九十年代起全國的日報都沒有任何討論的文章，只有號召的社論與各戰線勝利的成績。訓練班的學生並不能到大學部圖書室去借書，但劉度斌居然借出來偷偷地借給程秀紅。程秀紅開始深夜貪讀這些文章，而能在聽到劉度斌一群大學生討論問題時也表示意見，這使程秀紅走進一個新的世界。在當時討論的問題中，有一個對於這三個所謂反階級分子——雷及鋒、孫白濤、蒲光寒——的處置的問題，這引起程秀紅很大的興趣。有的說這三個人既然是黨用人工受孕方法創造出來的，他的父親與母親都是黨照計畫安排的，那麼他們的犯罪實在不能叫他們負責，黨應該特別給他們寬大。另一個說，黨給他們生命，但他們意志還是自由，正如以前基督教所說的上帝創造人，人對於自己行為還應該負責一樣，黨不必給他們寬大。有的說，黨既然有權叫他們生，自然也有權叫他們怎麼生；他們應當以悔罪的心情去勞動。

這幾種說法，使程秀紅非常迷惑。她很奇怪大學部談論這些問題似乎並不像她們在訓練班或工廠裡的討論，他們有更大的自由。程秀紅對於這些問題起初也帶回去同蘇洛明談起，但是蘇洛明總是說這是黨的問題，我們最好就是信賴黨；他似乎總當她是一個小孩子，只要她同他一起享受愛情的甜美，不要她想到這些大大的問題。這使她慢慢地覺得蘇洛明究是一個科學家，政治的警覺性太滯鈍，也可說是落後到小資產階級的地步了。但是她愛他，愛他對於黨的無條件的信任。而她覺得她在某些地方正可以提醒他的警覺，她覺得做他的愛人是一種特權了。

七

程秀紅現在常常與林冰士同一群大學生在一起，這一群大學生有一個社團的名稱是T・S・A・是黨組批准的一種團契，他們常常聚在一起談到了一些有趣的問題。有一次，先是有人提出「那三個所謂反階級分子最後是怎麼處置的呢？」

「據說是他們自動的投交給政治醫學研究院去作研究的對象了。」

程秀紅從來沒有聽說過政治醫學的東西。劉度斌他們於是告訴她說，這是現代新興的科學，這些年來有很大的成就。

「那麼政治醫學究竟是研究什麼呢？」程秀紅問。

「自然，政治意識的遺傳問題也是他們要研究的問題，所以那三個反階級的人物就是他們研究的好對象。」這時另外又有人說，黨每年撥了巨大的款項要他們研究一種思想改造的醫藥，這可以使思想錯誤的人們像普通病人一樣，進醫院去治療。但那些醫學家並沒有研究出改造思想的醫藥，只發明了一種取消思想的手術，這就是把思想犯的思想機能摧毀，而只有勞動機能，所以一個人在改造後就不會思想，只會勞動。在談這個問題時，當時座中一個大學生就說這是醫學家辜負了黨的善意的罪惡的創作。

「而黨，竟把去年的醫學的領導同志獎頒給了發明這個手術的醫生——那就是歐陽横德醫生！」他很惋惜地說。

「那麼這種取消思想機能的手術是不是普遍在施用呢？」

「幸虧不是這樣容易。這個手術是神經系的極細緻的手術，做成功不容易，聽說許多被動手術的人變成了瘋子，還有許多變成半身殘廢，真正能夠做成思想機能消失，勞動機能存在的人只有一兩個。但是，黨相信歐陽橫德進一步會有新的成功，所以還是撥很大的款項讓他繼續研究。」

程秀紅聽了大學生們這些議論與材料，心裡覺得自己知道的真是太少。這時，另外一個大學生說：

「可是科學究竟是科學，科學的本身沒有道德的觀念。譬如核子彈就是核子彈，它可能是可怕的罪惡的來源，但發明人還是了不得的科學家。」

「我贊成你這個說法，科學本身是一種絕對的價值，科學的運用才有道德的價值。這個思想取消的手術如果成功了，許多白癡、瘋子、神經錯亂的以及謀殺犯等等的人們都可以經過這個手術而成為只有勞動機能的有益的人，你看這是多麼好？」另外一個姓白的大學生說。

「如果這種醫學發展到只用簡單的手術或甚至打幾次針就可以把人的思想機能取消，那麼以後的世界一定只有少數的統治者保住著思想機能，多數的人民的思想機能都被取消而只剩勞動機能了。」這位先前一直反對歐陽醫生的人又說。

「那麼以後的人類就有兩種，一種是有思想機能的，一種只有勞動機能的。」

「而日子一久，有思想機能的人因為不勞動，他的勞動機能就退化到沒有。這時候人類就演化為兩種動物，一種是思想的人，一種是勞動的人了。」

程秀紅對於這群大學生越來越虛玄的討論，逐漸失去了興趣，林冰士似乎總能夠微笑著吸收這些議論，這時候，忽然有一個皮膚白皙的矮小的大學生說：

「其實歷史上的統治者，每個都只許自己保住思想機能，而要人民只有勞動機能。問題就是人民是不是肯接受這個處置。」

程秀紅馬上想到這所謂歷史上的統治者是不是包括我們的黨呢？但是她不敢發問。忽然有另外一個人半玩笑地說：

「如果這個問題移到政治醫學來解決，我到覺得是一種進步，因為思想統制由醫生來執行比劊子手來執行總要慈善些。」

「但是不知道被取消思想機能的人，他們所生的孩子是不是永不會有思想機能？」

「是呀，這正是又回到了遺傳學的問題上了。」

這時候，忽然有一個人從外面進來，他很緊張地說：

「有一個很大的消息告訴你們。我聽說，帝國主義在月球上試發了骨氣彈，他們宣稱現在他們可以從月球上直接毀滅地球上任何的一點了。」

「你怎麼知道的？」

「這是從地球物理系傳出來的消息，他們是經短波收來的消息。」

「這不是說我們現在沒有國防了嗎？」

「但是我們的火箭，在他們的骨氣彈沒有到達以前，已經叫他們在太空裡爆作了。」

「而且我們月球戰略據點，也設有火箭，通過國防衛星，也可以向他們報復。」

「現代戰爭大概是無法設想的事。我們不知道黨對這個事件有什麼表示。」

大學生們這樣你一句我一句談著，程秀紅覺得非常新奇，她只知道人們已經征服了月球，無產階級國家也控制了月球的一角，但報上則好久沒有提到敵人方面的情形，人們早已把這件事情忘了。現在聽到這些消息與議論，心理起了很多的疑問。

程秀紅回到自己宿舍裡。她的知識欲與疑問搞在一起，使她怎麼樣也不能入睡。

她忽然想到她自己已經沒有在工廠做工時候快活。那時候她住在狹窄的宿舍裡，八個人一間房間，嚴冬時也沒有暖氣與火爐，一早就有擴音機播送萬人高呼萬歲，每人都是同樣在工作，晚上也是相仿的會集，她覺得每一個黨的號召都是力量，每一樣事情都可以依賴黨，她每天生活得非常起勁，名字一上優秀榜就感到光榮。她們的伙食遠沒有現在好，但是她吃得下，床沒有現在舒服，但是她睡得著。現在她睡在有暖氣寬暢的房間裡，每天過著輕鬆的讀書生活，有她所愛的情人，有她可敬的朋友，但是她竟有了說不出的苦悶。

窗外有月光從紗窗射進來，想到已經不早，她看看手錶，但是看不清楚，她一定要知道，開亮燈才發現已經是一點三刻。這支錶是蘇洛明在來P城前送她的，在這以前，她從來沒有錶，她用不著錶，用不著時間，黨已經把她的時間安排好，從早到晚，安排得妥妥貼貼，她用不著問自己什麼時候該幹什麼。自從帶上了這支錶以後，在旅行期中，蘇洛明就要問她：「你的錶幾點了？」「你的錶准嗎？」「是不是火車慢了，現在幾點鐘？」她當時看看錶，覺得新奇有趣，但是在這失眠的當兒，她忽然覺得她要知道時間，她已經用慣了錶，她不能再沒有錶。

於是她想到了大學生們討論的問題。她覺得現在想得太多，是不是太動用思想機能了呢？假如如他們所說政治醫學要把大部分人民的思想機能摧毀，只剩了勞動機能，是不是就有她以前在工廠裡工作時一樣的快活呢？她忽然問自己，假如黨要她現在捨棄了思想機能只保留勞動機能，她是不是願意呢？她平心自問，答案是「不願意」。她覺得她不肯放棄思想機能，正如她不肯沒有已有的錶一樣，雖然在她只運用勞動機能時比現在快活，但是她還是希望她能運用思想機能，能更靈活的運用思想機能，像那些聰敏的大學生一樣。

夜非常寧靜，同房的三位同志都已睡得很甜。但這時候，林冰士忽然哇的一聲叫起來。

「怎麼啦！林冰士？」

「我……啊，啊，我做了一個可怕的夢。」林冰士忽然哭起來。

「什麼夢？」

「我可以到你那裡來睡嗎？」

「你來吧。」

林冰士起身走到程秀紅那裡，她鑽進程秀紅的被窩裡，抱著程秀紅哭了起來。

八

日子過得很快，天氣慢慢暖和起來，燦爛的春花漸漸開放，滿樹的綠葉裡有各種的鳥鳴。

程秀紅在文化學院裡與大學部的T・S・A・的一群大學生越來越接近，現在也漸漸認識這個T・S・A・裡的一些人物。

原來T・S・A・裡也有幾個教授與講師參加在裡面，他們雖並沒有經常與學生們一起閒談，但正式的集會總是參加的，而程秀紅、林冰士不是會員，沒有機會參加T・S・A・正式會集，所以並沒有碰到他們。

大學部在T・S・A・外，還有兩三個團契，一個政治醫學派是與T・S・A・對立的，屬於思想研究一類的集團；另外有的是偏重於體育或其他活動的集團。文化學院黨方對這些集團給與相當多的討論與研究的自由，只是所有討論與研究都限於在文化學院的刊物或壁報上發表，沒有經過黨的發動是絕不會在報上出現的。

在文化學院大學部裡，黨也儘量設法促進學生們對各種問題興趣而發抒自己的意見，所以對於優秀榜的制度正如程秀紅以前的工廠裡一樣，對於有優秀表現的人，每月或每季都選上優秀榜。優秀榜在文化學院裡分為深紅、正紅、淡紅，以深紅為最高的榮譽。

在勞動節的深紅優秀榜上，那年出現劉度斌的名字，他的表現就是那篇反對生育控制的論文。這篇文章曾經引起多方的討論，雖然並無一定的結果，可是文化學院的領導層評議會認為是近年來最難得的文章。

劉度斌的上優秀榜之光榮，當然也是T・S・A・的光榮，大家都慶賀他。程秀紅與林冰士自然很興奮。程秀紅特別高興的是她自己在一讀那篇文章時，就認為是正確的見解，現在黨的看法證明與她自己相同，可見自己雖是一個普通的工人，而並不是沒有正確見解的人。

程秀紅還以為劉度斌的文章既然得了黨的讚賞，那麼他的結論自然是被黨所接受了。那就是說，黨應當放棄對生育的人為控制，放棄這種以冰箱裡的精蟲作人家的父親，放棄叫非黨員的人們禁育打胎的措置了。可是，據T・S・A・的人們說，黨並沒有改變這些措置。程秀紅對於這點非常不瞭解。諸凡黨的命令不被馬上執行時，組織上往往批評這是官僚作風，現在黨已經認為劉度斌的見解是正確的，不執行是否也可說是官僚作風呢？

程秀紅的這些問題使她有許多苦悶。在一個週末與蘇洛明晤面時候，她又提出來請教蘇洛明。

蘇洛明想了一回，他用非常溫柔的態度對程秀紅說：

「秀紅，如果你是愛我的，我希望你永遠保持無產階級的純潔。這些問題是知識階級的問題。無產階級要全心全意依賴黨才對。」

「但是，黨要辦這個文化學院，不就是要依賴知識階級嗎？而黨要提拔優秀工人來訓練，不是要使優秀工人也成為知識份子嗎？我們知道在帝國主義國家與修正主義國家中，知識為資產階級所把持而成私有，我們與他們的不同，就是我們要把知識交到無產階級的手裡。」

「可是，秀紅，現在的知識太廣泛複雜，每個人都有所專，你有紗廠的知識，我有機械的知識，而我們是黨員，所以是又專又紅。專是專自己的所長，紅就是對黨的信賴。黨在生產方面依賴我們努力，我們在政策方面信賴黨。黨在思想方面也許也依賴其他的知識份子，但思想並不是政策，思想與政策是距離很遠的兩樣東西。」

秀紅對蘇洛明的解釋並不滿意，但蘇洛明沒有再讓秀紅發言，他說：

「你到文化學院來，看到聽到的東西也不少了。秀紅，我希望你訓練期滿後，馬上結婚，婚後你就找一個簡單的如廣播抄寫一類的工作，我們過過安逸平靜的生活，這不是很好嗎？」

「洛明，你這可完全是小資產階級的思想了。黨在轟轟烈烈建設無產階級主義的國家，面對著天天要來侵略我們的帝國主義與修正主義，你竟只想過過平靜安逸的生活，這不是自私自利的念頭嗎？洛明，你要我在你錯誤時候提醒你，現在是不是該接受我的批評呢？」

「也許你的意識是正確的。但是我的錯誤並不影響建設無產階級主義的國家，我對於紡織機的改善對黨有很大的貢獻，我要你過安逸一點的生活是為你幸福。」

秀紅聽到這裡，她忽然投入蘇洛明的懷裡哭泣起來。

秀紅每次想解決思想上的苦悶，總是只能在情感上得到一點慰藉，她覺得自己正是懦弱的小資產階級。她離開蘇洛明，心裡浮起更多自責的苦悶。她想：

「我難道真是為愛情的溫暖而失去階級的警惕了？」

「我難道為貪圖生活的舒適而就此喪失階級的立場嗎？」

她從領導同志與共產主義經典著作尋找力量，她又到T‧S‧A‧的團契去尋求答案，她都無法解決自己的矛盾。她同林冰士談到這個問題，自然也談到蘇洛明的態度。她們自從那天同床，林冰士把可笑的惡夢講給程秀紅聽以後，她們已經彼此談許多個人的心事。林冰士聽了程秀紅的話，倒很表示同情蘇洛明。她覺得無產階級並不是對於生活不應該有安寧舒適的要求，革命的目的，就是為無產階級生活的改善。只是我們不能忘記自己為工農兵服務就是，蘇洛明本身已經在為工農兵服務，這也已經是真正的無產階級。

程秀紅對於這個解釋很難滿意，因為所謂階級的警惕就是要時時刻刻想到工農兵，現在那些工程師大學生中上級的幹部都比工農兵享受好，而還不想全心全意為他們服務，只想貪圖個人的舒服，這不是喪失了真正的黨與無產階級的精神了嗎？。

這些討論，自然不能有什麼結論。程秀紅覺得如果他們的意見是對的，那麼黨的號召就是錯了，既然每個崗位都是為人民服務，為什麼真正的工人的待遇與享受反比不是從事生產工作的要差呢？比那些委員代表幹部什至文化學院這些人要差呢？

於是，在某一個機會上，她碰到了丁元極教授。丁元極教授是哲學家社會學家，是劉度斌的老師，他也是T‧S‧A‧的人。當程秀紅把這個問題向他請教時，他說：

「無產階級是普洛列塔利亞，這個意義，在歷史上有很不同的解釋，在馬克斯恩格斯的共產黨宣言中，所謂無產階級是身無生產工具，除出賣勞力外別無長物，而勞動力的價值又是由市場漲落而定的一種階級。現在我們所謂無產階級，是無產階級專政成立後的意義。那是清清楚楚的宣佈了我們的國家在幾次革命再革命後，其他的階級都已經消滅，只剩了無產階級。這就是說我們全國人民都是無產階級，因此我們的階級就是我們的國家，我們的國家就是我們的階級。我們的民族主義也就是我們階級的主義，我們愛國也就是愛我們的階級，我們保衛國家也就是保衛我們階級的利益。

「現在世界上的三個國家，只有我們的國家沒有階級矛盾，也沒有階級與國家的矛盾。比方在帝國主義國家裡，他們有階級的矛盾，他們的無產階級雖是帝國主義國家的人民，但他們反而愛我們的國家，不愛他們自己的國家。為什麼？就因為他們愛自己的階級更甚於愛自己的國家。

「程同志，你現在不斷的在我們國家裡分階級，這就是一種錯誤。把工農兵作為無產階級，這是歷史上的事情。工農兵與大學教授不過是職業上的區別，把生活好壞，待遇好壞來分階級，那是前一世紀空想社會主義的一種平均主義的思想。」

丁元極教授這一篇理論總算使程秀紅暫時得到了滿意的答覆。於是她問：

「那麼個人求生活上的舒適，沒有什麼不對了？」

「自然，在無產階級國家裡，任何享受都不是由剝削別人而來，為什麼不對呢？」丁元極教授笑著說。

「但是為什麼有些人有好的待遇，有些人有較差的待遇呢？」程秀紅再問。

「這又是平均主義的舊思想了！」丁元極教授笑了笑，又說：「我可以給你一個比喻，我請問你，為什麼有些機器要占較大的空間，有些機器只占很小的地方就夠了呢？」

程秀紅聽了一時找不出話可以說，但是心裡總覺不是那麼回事，她很佩服丁教授的辯才，但並不能信服他的理論。

九

黨以無產階級國家的需要，要求你在六月五日前向政治醫學研究所第十四醫院報到。此致林冰士同志

人民忠僕第四區支黨部書記　吳化啟

六月一日林冰士在宿舍的信箱，拿了兩封信，一封是給她的，一封是給程秀紅的。程秀紅不在宿舍裡，她就拆開自己的一封油印的信，還有一張很講究的鉛印的說明。她讀了油印的信，一時不清楚怎麼回事，再讀那張鉛印的說明：

政治醫學研究所鑒於過去人工受胎的措施有錯誤，要求以優秀的黨員忠誠的工人漂亮的女性為人工受胎的母體，以培養無產階級國家民族的優秀性。茲得黨與政府核准，特請同志們服從政府與黨的號召。此項號召之條件與實況如下：

一、接到號召的人請即時向所屬組織登記。

二、請於指定的時日與地點報到。

三、報到後在身體最健康情形下受胎，兩個月檢驗一次。
四、受胎之母體於生產後認為完成任務。
五、未受胎者，再行第一次手術，五次不受胎，亦作盡責論。
六、受號召人於報到後。將受最高的居住營養娛樂之供應，但在生產前不得離開醫院。也不能接受任何男賓的訪問。
七、……………

林冰士一面讀，一面慢慢慌張起來，就在這時候，程秀紅從外面進來。
「秀紅，你也有一封，恐怕是一樣的吧？」
「是什麼呀。」程秀紅一面問一面拆信，她一看就明瞭是怎麼回事了。
「怎麼辦呢？」林冰士說。
「這就是叫我們在結婚前先為國家養一個孩子了。」
「但是一年中我們完全不能與別人來往了，也不能看見劉度斌，也不能看見……」
「這是……這是是怎麼回事呢？」
「黨為什麼特別看重我們呢？」林冰士焦急的說。
「你焦急也沒有用。通告上要我們即時向組織登記。我想我們還是先去找組長吧。」
「我想先找劉度斌談一談。」

「恐怕你已經要請組長批准了。」程秀紅說時，黨組主任與班組主任忽然來了，她們一面笑著一面說：

「恭喜恭喜，黨特別選了你們兩位，可見黨對你們的器重了。我們也已經把你們的名字列入下周的優秀榜上了。」

林冰士一時不知說什麼好，程秀紅仗著蘇洛明與劉度斌的地位就說：

「我們在這裡學習了很多的東西，得您很多的指教與幫忙，以後仍希望您多給指教幫忙。您知道我們都是有愛人的人，行前希望您可以讓我們去看看我們的愛人。」

「程同志，你是一個優秀的黨員，你一定知道黨的意志，黨的別種號召有時只限時日，但有些號召是立時規定再不許看人的。」這是黨組主任的話，她的語氣雖和氣，但是很堅決。

林冰士說不出什麼話，程秀紅沉吟了一回，她說：

「我們都是黨的忠誠的子女，我知道黨的規定一定是怕我們有不聽黨的命令的陰謀。我其實只想同我的愛人告別一下就是，你不信是可以派人陪我去的。」

林冰士聽程秀紅這樣說，她也補充著說：

「據通知上規定，被號召的人一進醫院後是不能與外間的人來往的，那麼我們進去前總要同愛人告別一聲，不用說劉度斌也是你們的朋友，他也是優秀的黨員。」

班組主任聽了林冰士的話，臉上像表示一種歉意，但忽然歎了一口氣說：

「我看這樣吧，我為你們去通知劉同志與蘇同志！叫他們到這裡來看你們好了。」

「謝謝你。」程秀紅說。

班主任與組主任走後，林冰士忽然哭了起來。

這時候同房的陸同志范同志進來，范聽說程秀紅、林冰士被號召的事情，說：

「我以前有一個朋友的姐姐被號召過，聽說到醫院裡生活得非常舒服，裡面都是懷孕的女人，大家不用做工，也不用開會，只是看電影下棋打牌、打球，過的完全是資產階級的生活。唯一的工作就是聽人為你講父系的英雄的故事。那位朋友的姐姐於生育後，身重增加了十幾磅，她以後想再過那樣的生活就再沒有機會了。她說唯一的缺點就是不許有男朋友來往。」

陸同志聽了問：

「為什麼不許有男朋友來往呢。」

「說是裡面的孕婦要永遠只有單純的父系的英雄印象，據說這是心理學上的一種暗示。所以每人除了聽父系的英雄故中，還要看父系的英雄事蹟的電影，這樣可以使胎兒會更像冰箱裡的父親。」范同志笑著說這些話，她似乎不瞭解林冰士為什麼在哭泣。

程秀紅心裡很不明白，黨既然對劉度斌的文章表揚獎勵，為什麼不徹底接受他的建議？而還要把母系的成份變動另作這種號召呢？但她馬上想到黨之選中她，也正是對她的重視，她應當認為這是一種光榮的任務才對。但為什麼她也覺得自己並不願意呢？她想到過去對黨的號召總是自動的踴躍參加的情形，覺得現在這種心理是否是一種殘餘的小資產階級自私心的復活，或者正是修正主義的毒素的影響？或者她是為個人主義的愛情至上主義所束縛？她一面這樣自責，一面又希望蘇洛明會來幫助她。

劉度斌來了。他在會客室裡，林冰士搶著去會他。她把號召通知書等給劉度斌看，劉度斌一句話也沒有說，他把那張鉛印檔看了好幾遍，然後收在口袋裡。他說：

「我希望還來得及幫助你。」

「那麼我……」

「無論如何，我明後天再會來看你的。」劉度斌說著就走了。

隔了兩個鐘頭以後，蘇洛明來了。他也是在會客室裡與程秀紅見面的。

蘇洛明看了這通知書與文件想了好一回，忽然說：

「我摸不清到底是怎麼同事。你上次說劉度斌的一篇關於生育統制是什麼文章？」

「是得高級優秀獎的一篇文章。」

「它發表在什麼地方的。」

「在文化學院月刊的最近一期上。」

蘇洛明忽然說：

「他是屬於T·S·A·的，是不是？」

「怎麼？」

「你最近常同他們在一起嗎？」

「林冰士是他的情人，我是林冰士的朋友，所以常有機會同他們一群朋友在一起，聽他們一些議論。」

「就是這樣？」

「怎麼？」

「我要你什麼都告訴我，不要有一點騙我。」

「我為什麼要騙你？」

「沒有騙我，很好。他們裡面你還有特別要好的人嗎？」

「沒有。」

「真的沒有？」

蘇洛明嚴肅而認真的問。

「怎麼，你不相信我？」程秀紅發覺蘇洛明的態度同以前完全不同了。她的聲音很焦急，眼睛裡流下了淚水。

「我要你同我說實話。」蘇洛明仍是冷澀的說。

「我從來沒有騙過你。」

「那很好。」蘇洛明很冷靜的說著。他注視著程秀紅，一步一步的走到程秀紅身邊，低聲而堅定的問：「你現在老實告訴我，到底你願意不願意接受黨的號召？」

程秀紅不響，蘇洛明兩手握住程秀紅的兩臂說：

「願意不願意？憑你良心說。」

「我不願意！」程秀紅接著大聲哭出來，她擺脫了蘇洛明的兩手，倒退到沙發上，兩手掩著面孔哭泣著。

「哭也沒有用，這是黨的號召。」洛明說著，又拿通知書看了看：「五號以前，只有三天工夫了，如果沒有別的變動，你自然要在五號上午去報到的。」

「你不能想什麼辦法嗎？」

「我自然要盡力去想辦法……，我還是愛你的，你放心。」蘇洛明拍拍程秀紅的臉低聲的說：「我也許會再來看你，也許五號以前不來看你了。」蘇洛明像要告辭的樣子。

「那麼，我應該怎麼樣呢？」程秀紅站起來追著他問，蘇洛明冷靜地說：

「我們都是忠實的黨員。凡是我們有所求的，總是謀事在人，成事在黨。」他一面拍拍程秀紅的臉，一面又說：「再見！」

蘇洛明走後，程秀紅發覺自己真是不能接收黨的這一份號召；在沒有見蘇洛明以前，她還覺得她應該克服這種小資產階級的傾向，這種個人主義的浪漫情感以及愛情至上主義的落伍意識，現在，當她一哭以後，她覺得她是甘願脫離無產階級的隊伍，甘願違背黨的命令了。她擦乾眼淚，走出會客室，外面已經是黃昏了。

大陽掛在西方的天際，透過校園的樹林，照著她碎亂的人影。她一步一步走向宿舍。她沒有注意林中的鳥鳴與四周浮起的蛙聲。

一輛汽車在大路上疾駛過去，對她響了一聲喇叭；她認識這也是一個黨國要人的孩子，是文化學院大學部的學生。

程秀紅想到與她一起的紗廠裡的工人們，想到人民公社裡的農民。我們的國家是無產階級的國家，我們的人民是無產階級的人民。——那個坐汽車的要人以及要人的孩子，同她所記得的工人與農民，難道是屬於同一階級的嗎？

樹上的烏鴉啼出聒耳的雜訊，太陽已經下去，西方的天際是一片紅色。程秀紅慢慢走進宿舍，她忽然想到假如她真的沒有思想機能是不是更幸福呢？

十

劉度斌於第三天黃昏來看林冰士。他非常沉默，與林冰士對坐了許久，最後說：

「我一定會等你，一年以後等你出來時我們再結婚好了。」

蘇洛明則沒有再來看程秀紅。

六月五日早晨，訓練班派車子送林冰士與程秀紅到所謂政治醫學研究所十四醫院去報到。原來這醫院在郊外，離市區有半小時的行程。醫院外面並沒有任何牌示，完全像一個別墅，四周是蔥籠的樹木，裡面是一所灰色的洋房。車子一直開到園內，她們一下車就發現裡面一片歡笑的聲音。

護士帶她們到登記處，辦理了一定的手續。指定她們的房間，程秀紅在三樓，林冰士在四樓。每人一間房。程秀紅一到房內就看到一張大相片，是一個六十幾歲的老頭子穿一件工人裝，下面寫著他簡單的傳記。程秀紅沒有細看，她已經知道，她將接受這個老英雄在幾十年前遺留下來的精液來為無產階級國家生新一代的英雄了。房間的佈置很講究，奶油色的家具，黃色的窗簾，金色的沙發，床邊兒上還放著一瓶玫瑰花，花瓶旁邊有一個銀質的照相鏡框，裡面又放著一張相片，雖是同大相片一個人，但是年輕時代的，程秀紅向來敬愛無產階級的英雄，但這時忽然覺得有一種說不出的厭惡。

放下簡單的行李，那個護士帶她到樓下，樓下是娛樂休息室飯廳與交際室。許多女人在那裡談笑與娛樂，護士為程秀紅一一介紹，林冰士這時也從四樓下來。那些女人對新來的同志很好奇，大家都圍攏交際。程秀紅先以為她們也是最近被號召來的，後來才知道她們都是幾個月以前來的人，有的都隆起了肚子。她們都很健康端正，有的還很秀美，但似乎都是很單純。程秀紅馬上想到劉度斌的那篇論文，她知道那批女人正是白紙型的女子。黨要她們的是生育機能，只是生育機能。

這醫院環境比程秀紅、林冰士在文化學院要舒服得多了，樓下佈置得像是只為娛樂消遣用的。林冰士坐下來同別人談話，程秀紅則跟著一個孕婦一間一間的參觀著。在大廳裡她看到許多女人的相片，每幅下面有一方說明。程秀紅看了兩幅，一幅是寫著「祈山油田突擊工人隊隊長勞動模範盛大茂之母。」另一幅是寫著：「N省黨支書記八八事件英明執行者周寄光之母」。程秀紅一時還想不出這些照相為什麼掛在這裡，倒是那個陪她的孕婦告訴她，這些就是來這裡受孕的女人的成績。程秀紅默默地計算時日，她想這生育統制應該是幾十年以前就實行的，而她竟一直都沒有聽說過。

中午她們吃一餐豐富精美的飯餐，飯後大家都去午睡。程秀紅到林冰士的寢室，她看到完全同樣的佈置，也是一進門就看到一張大相片，只是相片裡的人物是一個前一世紀九十年代執行清黨政策時的一個英雄，程秀紅在小學時就在兒童畫報上讀到他的故事過。床旁也放著相仿的小相片，只是旁邊花瓶裡插著一種紫色黃色的花，程秀紅叫不出它的名字。

林冰士坐在沙發上忽然又啜泣起來。程秀紅沒有對她勸慰，只是用手拍拍她的肩膀說：

「你休息一會吧，我下去理理東西。」

程秀紅一個人回到自己房內，她在窗口黃色的窗幃前站了一會。她望著窗外的花園，在龍尾柏旁邊她看到一個石凳，石凳旁邊是開著黃色與紅色花卉的花圃，有兩三雙白色蝴蝶在陽光下飛翔，她覺得這裡真是一個清靜的樂園，沒有廣播聲，沒有機器聲，沒有人聲，住在這裡應該是比哪裡都愉快自由，但為什麼她覺得遠不如在紗廠裡做工時的安詳而有依靠呢？而她知道林冰士的哭泣也是一定是因為與她有同樣的感覺。

程秀紅沒有讀過資產階級時代的舊小說，但中學教師曾經提過，舊時代小資產階級專門無聊地寫些在華麗舒暢的環境中的苦悶。她這時候忽然想到，這些古老時代的苦悶也可能正是她與林冰士的苦悶。

程秀紅沒有午睡，她清理東西，在沙發坐一會。她想念蘇洛明。蘇洛明畢竟沒有再來看她一趟！她愛他，她現在覺得他真是可愛。她不知道蘇洛明是不是會等她一年，有像劉度斌對林冰士所表示的這種誠摯的愛情呢。

啊！愛情，愛情！如果愛情真是屬於小資產階級的感情，那麼我就淪落為小資產階級吧！

就在程秀紅這樣胡思亂想的時候，護士來看她，說醫生們已經來了。程秀紅跟護士出來，搭電梯到八樓。她才知道所有醫院的診療手術室都在七八樓上面。

林冰士這時候也跟著上來。程秀紅與林冰士都以為是要施行人工受胎的手術了，但並不是。醫生給她們一個表格說先要給她們作一個全身健康檢查。

從量身高體重開始，一直到抽血儲便，再照各種X光照片，一直到五點鐘才算完畢。

程秀紅回到自己的房間後，又上樓去看林冰士，她說：

「現在我們已經是決定要在這裡生活下去了，我們必須學習享受與快樂才行。我們應該信賴黨，接受黨的安排。來來，我們到下面去好好玩玩。」

林冰士跟程秀紅到樓下，她們看到有人在打牌，有人開著音樂在跳舞，程秀紅忽然發現兩個女人在跳舞的情態，她想，這裡對同性愛大概還沒有特別禁止吧？

她看到身邊一直沉默含羞懷著心事似的林冰士。

她發覺林冰士真是纖弱，纖弱得像一朵嬌嫩的花。她想到那天林冰士做惡夢到她床裡來抱著她的情形。她忽然有一種愛林冰士保護林冰士的慾望，她也有抱她吻她的想法。她說：

「冰士，你必須快活起來，日子正長，你決不能夠永遠這樣，來，來，我帶妳去跳舞。」

林冰士沒有拒絕，跟著程秀紅到了大家在跳舞的地方，程秀紅對她笑笑，抱著她，低聲地說：

「我愛你，冰士，你當我是劉度斌好嗎？」

十一

程秀紅早上醒來時，天還沒有亮。她聽見園中鳥叫，意識到自己睡在很有彈性的床上，她想再睡，可怎麼也睡不著。她開亮床邊的燈，她馬上看到那張相片，那張要程秀紅當他是未來孩子的父親，實際上已經死了幾十年的人的相片，她有著說不出的厭憎。她想從現在起每天必須對著這張相片的日子，她心裡有說不出的害怕。她於是設想這是蘇洛明的相片，她腦筋想著蘇洛明，眼睛注視那個老英雄，她希望她會把它看成蘇洛明。她一直注視，一直細想蘇洛明臉部身上的各種細節，不知怎麼一來，她果然看成這是蘇洛明的相片了。她很高興，她凝視好一會，於是這個幻象又突然消失。但她覺得她已經有點成就，她以後一定每天每夜時時刻刻要想著蘇洛明，使精神的眼睛看不見別個男人。她急於想把她的成就告訴林冰士，她相信林冰士一定也被她房間裡那張遺像威脅，她應該叫林冰士如何把它看成劉度斌。她跳下床，蹋著拖鞋，就到四樓去看林冰士。

林冰士還睡在床上，但似乎也已醒來，一聽有人推門進來，她問：

「誰？」

「我。」

「來來，我正在害怕。」

程秀紅跳進林冰士床上，林冰士就靠著她哭起來。程秀紅抱著她，吻著她的眼淚，發覺自己真的在愛林冰士了。這樣纖弱，這樣嬌嫩，她的呼吸這樣輕柔，程秀紅緊緊抱著她，說：

「我愛你。」程秀紅一面吻她，一面想：要是我是男人是多麼好呢？

程秀紅意識到林冰士在她的懷裡睡著了，她也慢慢的迷忽了一會，於是她在外面的鈴聲中醒來。

她們起身後，一同下樓，樓下飯廳已經在吃早餐。有許多東西可以任意選擇。她們隨便吃了一些牛奶雞蛋包子，同別的女人說早問好以後，就不知道上午該怎麼樣生活，最後還是別人邀請她們到後面球場上去打羽毛球。林冰士打得很好，程秀紅不會打，但由林冰士教她，她學得很有興趣。

就在程秀紅學打羽毛球時，有一個護士來叫她，說是劉醫生叫她去。

她跟著護士到八樓，診療室裡坐著一位很年輕的醫生，看程秀紅進來，他很有禮貌的請她坐下，一面看看放在他桌上的病歷，一面露著很有敬意的笑容說：

「你的檢查報告已經來了，程同志。」他又翻閱著桌上的文件說：「我們覺得你不夠健康來做新人物的母親。」

程秀紅一時摸不清這是什麼意思，她說：

「你是說，我的身體有毛病嗎？」

「沒有什麼。不過你腺的組織……唔——唔，對孩子有影響，這是會遺傳的，而且血管的彈性……還有……。」

「那麼我……」

「護士同志會帶你去辦手續，你下午就該回你原來的崗位去。」

「你是說我可以離開這裡了？」

「你的健康……我們沒有法子。」

程秀紅一面高興一面驚惶離開診療所。她跟著護士到下面辦公室，很快就獲得一張同原來崗位的函件的副本，正本將由陪她回去的專人交給訓練班。他們告訴她下午三點半有車子進市區去。

程秀紅於辦完手續後，她馬上想到林冰士。

「是不是林冰士的身體也有問題呢？她這麼纖弱嬌柔。」她想著就問那位護士：「林冰士同志也是不合格吧？」

「不知道。」護士說：「好像她還在打羽毛球吧。」

程秀紅馬上意識到診療室並沒有來叫林冰士，那麼她是合格的了。她忽忽奔到後面體育場，她看到林冰士已不在打球，坐在球場旁邊，她就過去叫她。林冰士也急於想知道程秀紅為什麼被傳去，她一見程秀紅，就站起來，迎上來問：

「怎麼？叫你有什麼事嗎？」

「我的身體檢查報告已經來了，醫生說我不夠健康。」

「那麼？」

「他們叫我下午回到原來崗位去。」

「那麼我呢？」

「我不知道，也許……我想也許你可以去問問診療室去。」

「你陪我去。」林冰士急於要知道究竟，她拉著程秀紅就走。

程秀紅於是就伴著林冰士到了八樓，診療室那位年輕的醫生正在診察一位病人，她們等那位病人走了，才上去問那位醫生。

「她的檢查報告來了嗎？」程秀紅問。

「她？是……」

「林冰士同志，昨天同我一起來受檢查的。」程秀紅說。

那位年輕的醫師從屜櫃中尋到林冰士的案卷，他翻開來看了看，笑著說：

「她很好，很好！也許，我們也許很快就會……」程秀紅怕他說下去會太刺激林冰士，馬上搶著打斷他的話說：

「你是說她很健康？」

「她很健康，已經很光榮的獲得了做母親的資格了。」

林冰士楞了一下，忽然靠著程秀紅哭起來，程秀紅掩護著她，陪她到她房間裡。程秀紅讓她躺在床上，自己坐在床沿上。

「這太奇怪了。」程秀紅說。

「那麼我要一個人在這裡了。」

「我一出去，就會去找劉度斌，我想也許可以說妳的身體有什麼不好。」

「……」林冰士只是不停的哭著。

「如果妳一定要在這裡了，我會常常來看妳的，我一定要設法來看妳，我看他們章程裡並沒有禁止女友來訪問的。」

「……」林冰士還是哭著，索性把頭埋在枕頭裡了。

程秀紅最後一個人走出來，她到下面辦事室去問人，她說：

「林冰士同志身體不很好，要我陪她一晚。我想我明天再回我原來崗位好嗎？」

「你要明天回去？」那個職員想了一想，說：「我替你問問主任看。」

她到了裡面，大概五分鐘的工夫又出來了，她說：

「好吧，你可以明天上午回去，上午十點鐘有一班車子。」

程秀紅這才高興地回到林冰士那裡。林冰士仍躺在床上，頭埋在枕頭裡。

程秀紅有許多話想對林冰士說，但是一到她身邊又說不出什麼。她忽然看到掛在正對著床前的那張龐大的相片，她開始想認識這張相片裡的人。那是一個壯健的但粗矮的人，比她自己房內那張似乎年輕些，他右手裡拿一支手槍，左手舉在頭上，後面跟著一些模糊的群眾。她想到她應當教林冰士怎麼從這張相上創造出劉度斌的幻覺，她用手挽著林冰士的身子說：

「如果你愛劉度斌，你只是永遠想念著他的容貌，當你一閉上眼睛就能看到他的面容時，你對於每一個人像都可以看成是他的。」

「我知道，我知道！」林冰士說。

「那很好，我已經同他們商量過，我可以明天上午再回去了。」

「真的，那麼你在這裡陪我一晚。」林冰士翻轉身子靠在程秀紅胸上又說：「我有許多話想同你說。」

程秀紅吻林冰士的嘴唇，又湊在她的耳邊說：

「我會設法常常來看妳，也許以後也可以來這裡過夜。只要這不是明文禁止的，她們會給我通融的。」

程秀紅這時忽然觸到林冰士從頭頂裡滑出來的鏈子。

「這是……」

「這是我母親給我的一條銀鏈子，下面是一個雞心，母親把她的相片放在裡面。」她拿出雞心來給程秀紅看。

程秀紅打開雞心，看到裡面一位慈祥的老婦，她問：

「妳母親，她在什麼地方？」

「C省F縣的第二人民公社裡。」林冰士說：「妳的母親呢？」

「聽說我四歲時她就死了。我是一個孤兒。」

「我還把劉度斌的相片放在我母親相片的下面，你看。」林冰士挖出她母親的相片。程秀紅看到裡面是劉度斌穿著運動衫的相片，雖然很小，但很清楚。

「這很好，」程秀紅說：「你常常看這張相片，我相信你房間裡的相片不會妨礙你的視覺的。」

程秀紅是一個孤兒，是黨一手培植的一個無產階級的子女，平常聽到人家談到家庭父母兄弟姐妹，總覺得是封建的感情，看到人家懷著母親父親或愛人的相片，總覺得是小資產階級的個人主義的愛情。但現在她看到林冰士頸項的雞心裡的相片，她覺得這情感是美麗的。

林冰士的纖弱柔美的容貌與身軀同這種溫婉細膩的愛情是多麼調和呢？她忽然問：

「妳真的愛劉度斌嗎？」

林冰士點點頭低聲說：

「世上有兩個真正愛我的人，一個是母親，一個是劉度斌，現在我又多了一個，那是妳。」

「妳的父親呢？」

「他是一個礦工，在礦坍時殉職的。那時候我才五歲，我沒有享受到他的愛情。」

「愛情！我相信我一直愛著蘇洛明，但我不認識什麼是愛情，現在是妳讓我知道什麼是愛情了。我們愛黨、愛國家，這是天經地義的，但我們現在所瞭解的愛情似乎是完全不同的兩種東西。我真是越來越迷惑了。」

「為什麼妳總是愛問這些問題呢?你似乎很像T・S・A・裡那些大學生。我覺得我們女人,譬如像我,我什麼都不懂,但我有直覺。我直覺的感到好看與難看,對與不對,愛與不愛,我覺得這就夠了。」

十二

程秀紅於第二天十時，搭第十四醫院的班車回到文化學院。班組主任與黨組主任告訴她，他們昨天已經知道程秀紅健康不合格了。蘇洛明同志昨夜到今晨來過三次電話，問她有否回來，並且叫她回來馬上打電話去。

在電話裡，蘇洛明並沒有說什麼，只約她晚上去吃晚飯。

晚上六點鐘的時候，程秀紅到蘇洛明那裡。

蘇洛明並沒有很熱情歡迎她回來，他很冷靜的問：

「你昨晚沒有回來？」

「沒有。」

「他們沒有放妳回來？」

「林冰土要我陪她一晚。」

「林冰土，她是劉度斌的愛人？」

「是的，是我的好朋友。」程秀紅說：「她同我一起進去的。」

「啊，我以為妳出了什麼事了？」

「怎麼，妳知道我昨天可以回來？」

蘇洛明點點頭。

「妳知道我身體不夠健康？」

「秀紅，是妳願意出來的，是不？」

「是的。」

「是不是因為愛我。」

「自然，洛明，你知道我是多麼愛你，」程秀紅靠著蘇洛明說：「我一到十四醫院，我更意識到我愛你了。」

蘇洛明拉著程秀紅坐倒在沙發上，他說：

「現在妳總算出來了。」

「假如我出不來，你還肯等我一年嗎？」

「妳希望我等妳嗎？」

「自然，」程秀紅說：「你知道我們去十四醫院前一晚，劉度斌就來看林冰士，他答應她等她。可是你，你後來沒有再來看我。」

「妳知道為什麼？」

「為什麼？」

「因為，我已經知道妳可以出來了。」

「你那時候已經知道？」

蘇洛明點點頭，他拉著程秀紅的手，湊在她耳朵裡低聲說：

「他們已經答應了我。」

「答應你？」

蘇洛明用手指按住程秀紅的嘴唇，他輕輕地說：

「妳現在知道了，那不是妳的健康什麼，而是我，是我去設法的。」

「是你，你……？」

蘇洛明吻程秀紅的嘴層，使她不要再說什麼。然後他拉她到裡面的寢室裡關上門，低聲的說：

「我怕妳擔心妳自己的健康，所以告訴妳了。妳可不許露出一點點風。知道嗎？」程秀紅望著蘇洛明，禁不住流下眼淚，她說：

「真是你去設法的？」

「妳還不信嗎？」

「那麼，我求你，你再為林冰士去設法好嗎？」

「親愛的，我們能照顧自己已經不容易了，怎麼還有能力管別人的事情呢？」

「但是林冰士是我的好朋友，她是多麼嬌弱，多麼……洛明，假你如是愛我的，你也救救她吧。」

「可是這是不可能的，不可能的。」

「為什麼呢，你已經把我弄出來，你就救她一下吧。」

「秀紅，我愛你，你一定要相信我。我如果可以想辦法，我一定會去的，但這是絕對不可能的事情。」

「為什麼呢？」

「妳不必知道理由，妳相信我的話就是了。」

「但是你一定要給我一個理由，可以讓我心理上有一種安慰。」

「你真要知道理由是不？」蘇洛明說：「好，但是你要答應我一個條件，你必須少同T‧S‧A‧的一批人來往。」

「這自然不難辦到，我和他們本來沒有什麼關係。」

「好的。」蘇洛明說：「你知道劉度斌的那篇文章得罪了政治醫學研究所？」

「哪一篇文章？」

「就是那篇得優秀獎的文章。」

「那篇文章！」

「他批評他們，要他們取消人工授胎，放棄生育控制。」蘇洛明說：「所以他們要向T‧S‧A‧的人報復，因為T‧S‧A‧的人都支持劉度斌的論據，他們許多人都寫過維護他的文章，連丁元極教授都在內。」

「但是，他的文章是黨給他優秀獎的。」程秀紅說。

「所以更得罪了政治醫學研究所。」

「你是說他們因此就要把林冰士與我送去生育。」

蘇洛明點點頭，他說：

「他們以為妳也是T・S・A・的人，我為妳解釋許久，他們調查了才答應的。」

「可是林冰士，她純潔得像一朵花，什麼都不懂……」

「她是劉度斌的愛人，他們要打擊的就是劉度斌。」

「這太……太豈有此理了，我們應該向黨去控訴。黨一定會主持公道，一定會……」

「你認識黨？」蘇洛明站起來冷峻地說：「那麼你應當瞭解黨認為一個黨員去接受先輩英雄的授胎是一種光榮的任務，而只有反黨的人，有資產階級意識的人才會拒絕這項任務。」

「啊！」程秀紅聽了楞了好一回，最後她霍的哭了出來。

「那麼我是反黨的人了，是反無產階級的人了！」她想。

「你明白就算了，以後在訓練班千萬少說話，少同T・S・A・的人來往。你現在已經滿二十歲，等你訓練滿期後，我們就申請黨准我們結婚，以後你再找一個輕鬆一點的事，我們可以過很安詳的生活的。妳知道了嗎？」

程秀紅不知道自己現在在想什麼，她已經失去一切的依靠，好像除了接受蘇洛明一切的建議外，沒有別的可想。她不斷的點頭，一面流著淚。

沉默了好一會，最後，她歎了一口氣，忽然說：

「那麼林冰士呢？」

「她不會有什麼事的，養了一個孩子後，也許她會同劉度斌結合，也許……一年的時間不長，但是我們無法知道黨的意志。」

「可是，我們應當要黨走正確的路線。」

「黨永遠是正確的，妳千萬記住。」蘇洛明說：「這種問題我們無法想得太多，我們國家是無產階級的國家，黨是無產階級的黨，你我都是無產階級，所以我們可以相信黨不會辜負我們的。」

這時候已經七點多，蘇洛明知道已是開飯的時間，他要程秀紅到浴室去洗洗臉，化妝一下。

在整個吃飯的時間，程秀紅很沉默，她腦子裡起起伏伏的有許多疑問與痛苦，但是她越看蘇洛明越覺得他是可愛的，可靠的，要是沒有他，她將怎麼活下去呢？

程秀紅於飯後回到宿舍，但她怎麼也無法入睡，她左思右想，恍然悟到她自己過去之愚蠢與無知。她想到她之所以能來文化學院，一定也是蘇洛明的疏通與活動，決不是靠她單純的申請。她又想到班組主任與黨組主任對她們的和善與客氣，也正是因為她是蘇洛明的情人。她所信託的黨，她現在知道是並不存在的，真正存在的是主持黨的人。即使領導同志永遠是正確的，但他的命令與意念要通過許多階層才能普及到大眾，這正如太陽的光線要通過雲層與大氣一樣，到普及眾生，也已經不是原來的光線了。但如果領導同志一旦不正確了呢？一旦因為患病或發怒，一時喪失了無產階級的立場了呢？……

程秀紅無法再想下去了。她現在發覺自己必須重新調整做人的態度，她必須學習蘇洛明的靈活正確地把握環境，辯證地認識人的關係。

想著想著，就在月光退出窗臺時，程秀紅才慢慢地入睡。

程秀紅於第二天起來，對人就表示她的健康不配做新人物的母親之失望，她充分渲染林冰士的光榮，她發動訓練班同志們去慰勞林同志，她知道自己要是一個人常去看林冰士，可能會遭到別人的批評或懷疑，這樣發動大眾一起去，可以避免許多誤會，也許還可以得到黨的欣賞。

她的發動果然很得班組主任與黨組主任的贊助，通過了組織上的聯繫，她們分了小組陸續去訪問林冰士，而程秀紅每次都能參加同去，而有時還藉故住在那裡。

這對於林冰士至少是一種很大的安慰。

但是程秀紅每次見到林冰士都感到一種慚愧與內疚，她多少次都想把她出院的底細坦白給林冰士聽，但覺得這也許更增加林冰士想到自己冤屈，而這又是蘇洛明絕對不許她洩露的事情，所以她就一直瞞著林冰士。

由於蘇洛明的叮嚀，她避免太多的參加T．S．A．一群人的聚會，但為林冰士與劉度斌傳遞消息與情書，她與劉度斌還常有見面，後來為接觸的隱蔽，劉度斌約她到丁元極教授家去，丁元極教授在文化學院是有地位的教授，他的太太也在文化學院教拉丁文，所以他們有較大的房子。程秀紅去了幾次以後，因為劉度斌的關係，她也成為丁元極家的常客。

有多少次，程秀紅想把自己的出院的過程告訴劉度斌，她覺得如果劉度斌肯對政治醫學家一流的人屈服，向他們解釋與道歉，——如果可以通過蘇洛明來溝通，那麼也許仍可以把林冰士救出來。但她不敢那麼做，因為如果劉度斌把她的事件作為證據去攻擊政治醫學派的腐敗，這可能會陷害了蘇洛明的。所以程秀紅，雖然不在劉度斌面前表示自己出院是一種遺憾，也只好維持著她的出院純粹是不健康的原因。儘管在一般人看來，纖小嬌秀的林冰士決不可能比程秀紅健康，因為程秀紅強調自己腺的分泌不正常，所以倒沒有人把她們的比較當作一個問題。

而事實上，劉度斌與丁元極教授們，也顯然很快瞭解了林冰士之被號召是政治醫學派對劉度斌的報復。劉度斌也許是完全出於學術上真理的信心，可在是政治醫學研究所的人們看來，他顯然是專對他們的一種攻擊。

而兩個半月以後，程秀紅知道林冰士已經有孕了。

程秀紅去看林冰士，發現她已不哭泣，也不言笑，整天躺在床上或者在窗口呆坐著，除了吃飯才下樓來，吃了飯，又獨自到自己的房間裡，不同任何同院的人交往遊玩。

程秀紅同她談許多話，她都心不在焉答非所問，問她有什麼要告訴劉度斌，她只說：

「我等於已經死了，叫他忘了我吧。」

程秀紅回來後，自然不敢把這話告訴劉度斌。

十三

日子很快的過著，不知不覺已經深秋了。校園裡的樹木已紛紛凋落，風起時，所上的枯葉發著颯颯的聲音。

程秀紅在訓練班已將滿期，班組主任黨組主任都知道她與蘇洛明已得到黨的批准，在卒業後就將結婚了，所以大家對她很客氣。她覺得她有從來未有的空閒與輕鬆。她因此也多有機會去丁元極教授家，她從丁元極教授那裡學得許多以前沒有聽到的知識與問題。有時向丁元極請教，有時也偷偷地向他借書回來看。

程秀紅慢慢知道丁元極教授之反對政治醫學是很早的事情，她相信劉度斌在思想上顯然是受他的影響的。

劉度斌因受林冰士事情的刺激，有時很苦悶，常常過量喝酒。程秀紅與丁元極自然都很同情他，丁元極因此就時時直率地批評政治醫學。

他說：黨之提倡政治醫學原是出發於人道的動機。是想用醫學的方法來代替祕密員警的統治。因為許多學者認為一切的罪犯都是一種病態，所以把罪犯由醫院來治療，可以使罪犯不受刑訊或牢獄等之痛苦。由於這個實施的成就，我們就想把思想改造的工作交給醫院來做，把牢獄，集中營，勞動改造，……等措施逐漸取消。但現在政治醫學反而被祕密員警特種任務部……等機構所利用，對人民作更殘酷的統治。

丁元極又認為現在我們無產階級的國家，人人都是無產階級。人民間雖有矛盾，但只是內部矛盾，不是階級的矛盾，不必當敵人來對付。他認為我們最大的敵人是在國外——一個是帝國主義國家，一個是修正主義國家，因此我們應該全力建設國防，注重國防科學。前些時帝國主義在電臺上宣佈他們的月球站能發射骨氣彈直接命中地球上任何一點，顯然我們已落後人家一步。而我們還不肯在國防科學研究上增加預算，而把我們大量的錢財撥作政治醫學的研究，殘酷地對人民作可怕的統治，因此我們必須喚醒全國人民，喚醒我們的黨來注意這個問題……

程秀紅聽了丁元極教授這些話後，恍然悟到自從上次聽到帝國主義國家月球站能放射骨氣彈直接命中地球任何一點的消息後，不時讀到許多提倡國防科學，要求政府節省無謂的研究經費，集中力量來增加國防科學的研究……等的文章，原來與整個的鬥爭有關的。

程秀紅又從她最近所讀的種種T・S・A・人們的文章，覺得他們確已很露骨在批評政治醫學研究與實施的荒謬。

譬如有一位名叫許列寫的「論科學人才的培養」的文章，裡面他先是感慨地用數字報導近年來，無產階級國家的物理學家，化學家，太空科學家，原子科學家……等人才的凋落，繼而論科學人才的培養是需要以整個人格教育為基礎，決不能以單純的技術教育為基礎。他又用生物學心理學的理論，說到人的思想機能與勞動機能之不能分割，說現代的工人之需要思想才能並不次於勞動才能，而現代兵士之戰鬥才能也是融合思想才能與勞動才能而成立。他又用辯證法的論證，說思想機能與勞動機能在人身中正是矛盾的統一。一個健全的無產階級都是把二者健全地統一而獲得成就，不管是偉人如馬克斯，恩格斯，列寧，或即是平常我們在煉銅廠看到的一個工人或在人民公社看到的一個農夫。……

程秀紅讀到後，就想前些天報上所載的政治醫學家李叔亮的演講，報上並沒有刊載這演講全文，只略及它的內容，許列的文章正是針對那篇演講的。

程秀紅本沒有十分注意這消息，現在看到許列的文章，倒很想能看到那演講的全文。因此她就在丁元極教授那裡談到，當時一個也屬於T・S・A・的年輕醫科學生就在丁元極的書房找了一份油印的本子給程秀紅，程秀紅就一個人在書房沙發上把它細細的讀了一遍。

這篇演講先溯述古希臘哲學家就有人主張以哲學家來統治國家，下面有武士、文人、商人、工人、農夫等人各司專職，中國也有人主張聖賢治理國家，人民分士農工商各司其職，其他國家也莫不以帝皇之下，分僧侶武士農工商等人各盡所專。……於是他說到這些過去封建時代，把人民分為階級，是一種便於統治的手法，這是要不得的；但「人」類之各有所偏及各有所長，則可說是自古以來就有的認識。人之異於動物，就在人類是具有特殊的天才，而人人的天才有所不同，也即是各有所長與各有所偏，政治醫學就是要根據這個事實，要將人作徹底的科學的整頓與安排。它第一步認為現在的政治醫學已可很確實的由測驗實驗而知道每個人之天才與才能的方向，政治醫學就可就其所長而培植之。接著他又說，政治醫學家對於人正如一個花匠之對於花一樣。一個花匠對於一盆花往往因期望其開成較好的花朵，而必須修剪其他纖弱的蓓蕾。政治醫學家也認為如果要一個人的天才有特別的發展，就應減弱他另外方面的才能。在理論上，每個人都有智慧機能勞動機能與生育機能，因此如果要增加一個人的勞動機能，則削弱他智慧機能與生育機能就是絕對見效的方法。同樣的，一個女人如果壓抑了她的智慧機能與勞動機能，她的生育機能也特別活躍。政治醫學就是要就每個之所長所偏而促成其更集中的發展。他進一步又說，這種分類自然是粗淺的大概的分類，在智慧機能的領域裡，我們還要分出許多不同的天才與才能，這也是現在神經學上一種專門的課題，舉一個粗淺的例子來說，譬如我們知道音樂家聽覺特別靈敏，而瞎子因其目盲而聽覺因而發達。因此如果要增加音樂家的天才，則弱減他的視覺就是一個方法。又譬如許多人有神經病，有許多瘋子，我們的醫學家能用種種方法給他治療，這當然是好的，但有許多絕對不能治療的這種病人，養在療養院浪費社會人力物力，政治醫學家覺得大可以將這些人的智慧機能裡的思想活動機能徹底毀去，那麼他的勞動機能還大可以為人民服務，這是在實驗上已經成功了的事實，政治醫學家正謀好好推行。末了他說，政治醫學是一種專門的科學，不是粗淺的言語可以說明，不過多數人因為不瞭解而對它誤解，所以今天就用淺易簡明的言詞，說明政治醫學基本的一點意義。……

程秀紅讀了這篇演講，想到林冰士的遭遇，心中起了一種說不出的害怕。如果這種說法是對的，政治醫學家豈不是隨便可以把人當作機器一般的拆拼，他們可以說某人有音樂天才而毀其雙目，說某些人有勞動天才而毀其生育機能，她覺得這種理論實在大可怕，怪不得T•S•A•的人這樣反對他們，她心中對T•S•A•對丁元極教授對劉度斌就更覺得可敬佩了。

程秀紅從書房出來，客廳裡多了一位高高的瘦瘦的戴著眼鏡的客人，丁元極教授為程秀紅介紹，程秀紅認出是曾經見過的，但不知道他就是寫「論科學人才的培養」那篇文章的許列。

「她讀了你文章後，想看看那篇李叔亮的演講；所以剛才在書房裡閱讀。」丁元極教授接著問程秀紅：「妳覺得怎樣？」

「啊！太可怕了！太可怕了！」

許列笑笑說：

「怎麼，妳覺得可怕。」

「可不是，假如他的理論成立，全國的人民要由他們來分類改造整頓編排，這不是太可怕了嗎？」

「他們還有更可怕的策劃。」

「還有什麼？」程秀紅問。

「他們打算建立一個百花齊放宮，讓思想家有思想的自由。」

「這是什麼意思？」丁元極教授似乎都沒有聽說過。

「他們認為那些前一世紀末以來，放逐在小島上的許多思想犯，無論是反革命的，反領導的，反黨反國的以及那些帝國主義修正主義的，都不能說他們不是有才能的人，可能他們在這些島上活著，不斷的在產生了別種的可用的可寶貴的意見與思想，而我們讓這些犯人每天在這些島上，沒有去注意他們，任他們老死，也實在可惜。政治醫學家們異想天開的說，我們無產階級國家應給任何人都有思想的自由，言論的自由，批評的自由，甚至有咒罵的自由。但只限他們在『百花齊放宮』裡。因此他們正謀建立一個『百花齊放宮』，把這些思想犯都交他們處理。他們說，百花齊放宮將有最講究的舒服的物質設備，應當供應那些思想家最好的伙食與菸酒，以及各種的圖書唱片；每個思想家都有專人侍候，並將他們的言論意見一一錄音下來，政治醫學家將就他們所專所偏，分組安頓，每天使他們有切磋討論之便，自然也供應紙筆，希望他們著作。這些著作與錄音並不公開，但存儲在一定的圖書室資料室中，可供有關機構及黨國領導人的參考。」

程秀紅根本不知道無產階級國家還有禁囚在小島上的思想犯，所以沒有發言。一位在座的年輕醫科學生這時忽然說：

「他們居然也有這種主張？」

「是的，」許列拿下眼鏡，揩了揩又說：「初聽你也許以為很不錯，至少這些思想犯有了較好的環境了，其實不是如此；他們說，這些思想家既然要思想，這些議論家既然要議論，我們就給他們充分的思想自由議論自由，由我們幫助他們把他們其他部分毀去，我們要毀去他們生殖機能，切去他們的兩腳以及左臂，讓每個思想家都由侍役護士與醫師幫他們生活而讓他們專心於思想。」

「啊，這太可怕了！」程秀紅聽著不禁叫了出來：「我想我們的黨決不會接受這種建議的！」

「可是，聽說，黨已經在考慮過這個提案了。」

「這太可怕了。」程秀紅說。

客廳中有六七個人，大家都好像被這可怕的設計而噤聲。隔了一分鐘，元極教授忽然說。「這簡直是一群瘋子！」接著他又歎了一口氣，用幽默的語調沉痛地說：「如果這樣推想下去，醫學再發達，這些思想家的整個身軀都可以切去，只保留他們一個頭顱，放在一架營養的機器上叫他們去思想好了！」

「那其實還不如創造幾十個進步的電腦來替人思想好了。」那位年輕的醫科學生半真半玩笑似的說。

程秀紅當時覺得，機器代替人類勞動的想法在前幾世紀已經有了，但到這個世紀人類還是要勞動，要人類可以完全依賴機器而不勞動，也許還要幾十世紀，至於要用電腦來代替人類頭腦的思想活動，恐怕是決不會有可能的。

十四

程秀紅於十二月初結婚，一切都很順利。他們在市政府註冊，舉行一個茶會。程秀紅自然要請丁元極教授，劉度斌及其他一二個熟識T・S・A・裡面的人，蘇洛朋明因為在運動程秀紅出院時得過政治醫學研究所的人幫忙，所以有幾個人一定要請。可是讓這兩方面的人碰到，是一個很尷尬的場面。所以蘇洛明與程秀紅都覺得非常困難，後來只好決定索性在文化學院校園裡舉行大規模的茶會，歡迎任何文化學院的人，不管認識不認識的都來參加。因為來來往往人多，大家不須要正面碰面，總算把這個難題解決了。

在茶會裡，程秀紅特別注意政治醫學研究所的人，在程秀紅想像中，以為他們一定是滿面橫肉，兇狠殘暴的；誰知都是彬彬有禮面目清秀的人。她注意到的兩個，一個五十幾歲，一個三十幾歲，他們很客氣來向程秀紅道喜。那個三十幾歲約人很害羞，後來蘇洛明告訴程秀紅，原來這個人就是程秀紅讀過他演講辭的李叔亮，是歐陽橫德醫生得意的學生，是有名的外科手術家。

程秀紅覺得這一年來她在訓練班中並沒有學到什麼，可是在這文化學院環境中，她學到的東西實在太多。她對於政治多一點瞭解，對於人好像更不懂；對於人多一層瞭解，對於政治也更加糊塗。像這個年輕的同她說話都會紅面孔的李醫生，會是政治醫學的外科手術家，這實在是程秀紅無法想像的事情。

結婚後，程秀紅很簡單的就搬到蘇洛明地方去住。黨還沒有委派她新的工作，而蘇洛明到P城後，一直有一位五十幾歲女人何同志在處理家務，所以她在家裡可以沒有事。據蘇洛明說，他正在為她設法，請黨在文化學院委派一點事情給她。大概過了年可有結果。

程秀紅現在知道怎麼樣去愛蘇洛明，她對他的政治見識現在覺得只有敬佩。但她想到T・S・A・一群人時，就感到蘇洛明太自私。

程秀紅同他談到T・S・A・的人所談論到的問題，蘇洛明似乎從來沒有去注意過，但他知道T・S・A・的人與政治醫學研究一派的對立。當程秀紅表示她贊同T・S・A・一派的主張，問蘇洛明的意思時，他說：

「理論的贊同與事實的支持是兩件事。」

「你既然贊同了一種主張，一定認為這種主張是有益於黨國的，那麼就應該支持它。」程秀紅說。

可是蘇洛明笑笑，他說：

「理論的贊同是單純的東西，是部分的東西，是抽象的東西；事實的支持或實行則是複雜的事情，是整個的事情，是具體的事情。譬如理論上我們每人最好每天吃定量的食物，可是事實上我們不支持這種限制，理論上我贊同我們每天洗一次頭髮，事實上我可不能實行。理論上我贊同我們黨員要無條件的服從黨，可是事實上我們並不能完全實行。這因為一實到行或推行，就會牽連到別的問題。人生是整個的，複雜的，具體的，理論是無法顯到個別特殊的條件。還有，當我們聽到兩種相反的意見，我們很容易對一種意見表示贊同，可是如果你知道這個意見的背景，你可能就要贊同另一個意見；而有時，如果你再深入一步，你又會贊同起先贊同的意見。這就是說，我們對這些意見瞭解太淺，贊同是理論上的態度，支持則成了行動，行動就是政治。政治，我們只能服從上級的支派。」

程秀紅對於蘇洛明的話雖不能完全贊同，但她現在已不敢用自己單純的想法來批評，她知道他的想法往往有更現實的意義。

程秀紅因為空閒的關係，時常偕同訓練班的人與去十四醫院看林冰士。林冰士現在肚子已很大，可是人越來越乾瘦。她已經沒有過去嬌小玲瓏的美態。她很少談笑，整天一個人在房裡，不同同院的人來往。程秀紅很為她的身體擔憂，希望她能早日生產，生產後，程秀紅覺得一定可以請訓練班主任幫忙，為她請一個較長的假期。那時候，程秀紅可以接她到家裡來住；程秀紅把這個意思告訴林冰士，也告訴了劉度斌。這至少給林冰士一種很大的慰藉。

程秀紅有時也到丁元極教授家去，她在那裡的確獲到了不少知識。回來就與蘇洛明談到她在那裡的所見所聞。

蘇洛明對於程秀紅同情丁元極教授們的見解，並不見怪；但是他總是笑程秀紅對於別人的事情太熱心。

程秀紅覺得，作為忠實的黨員，愛國的黨員，總要有一個為黨為國的立場，究竟誰是誰非，誰的主張有益於黨國，我們應該支持他幫助他才對。但是蘇洛明認為程秀紅的同情與贊同什麼理論還不要緊，但千萬不要熱心到去參加什麼或支持什麼。這使程秀紅心裡有一種說不出的苦悶。

在程秀紅看了林冰士回來以後，她告訴蘇洛明關於林冰士的種種，說她希望她生產後，可以設法邀她到自己家裡去休養休養。蘇洛明想了一會忽然說：

「林冰士來我們這裡休養些時，這當然是很好。但如果劉度賦常常來看她，這就會讓外面誤會我們同他們接近了。」

「但是我與林冰士的關係，我們是同一個訓練班的同學。」

「可是了外面人並不瞭解。」蘇洛明忽然笑著說：「不過時間還早，到時候再看。我想短期的來住幾天自然沒有關係的。」

程秀紅覺得蘇洛明態度有點冷酷。第二天早晨，蘇洛明忽然又說：

「林冰士如果出院了，應該儘快的同劉度賦結婚才對。」

「不過林冰士現在太憔悴了，所以我想先叫她來養養身體。而且結婚，還要得黨的批准，這恐怕至少要兩個月的時間。」

程秀紅說的自然很有理由，蘇洛明沒有表示什麼。

這樣大概過了三四天，有一天蘇洛明一回家就拉程秀紅到寢室裡，他不斷的直搖頭：

「事情這樣嚴重，你難道不曉得？」

「什麼事？」

「T・S・A・同政治醫學派的一些人。」

「怎麼？」

「你千萬不要洩漏出去。」蘇洛明坐到程秀紅的身邊說：「我先以為只是學院裡兩個黨派的鬥爭，原來這是國防部與特務部的鬥爭。」

「國防部與特務部的鬥爭？」

「真想不到。劉度賦的父親是國防部的副部長劉百韜，他也是在鬥爭裡面。」蘇洛明非常謹慎地說。「這是由國防預算與特務預算的衝突而起的。你看看，裡面都是政治，我們要是捲在裡面，那是太可怕了。」

「但是丁元極教授，他的主張是純粹科學上的主張。」

「是的，所以他反對政治醫學，主要提倡太空科學。這也就是國防部要增加預算的理由。」蘇洛明忽然說：「你現在必須跳出他們的是非圈才好。」

「我？」程秀紅說：「但是，我們既然同情丁元極他們，我們不能幫他們一點忙嗎？」

「這是政治。你看，妳不是幾乎被他們送到十四醫院去了嗎？妳能夠出來，這是政治醫學派的人幫的忙！政治是黨的事情，我們只有服從黨，是不？」蘇洛明說著，似乎有點不耐煩。

「但是黨是人決定的。」程秀紅說。

「是的，可是我們要服從組織，服從組織就是服從上級。上級並沒有叫妳去同情誰，並沒要妳支持誰，妳有什麼資格去同情誰，支持誰？」蘇洛明忽然說：「妳如果是愛我的，妳聽我的話，最好先離開這裡。」

「離開這裡？」

「是的，離開這裡，或者就到S市去，重新回到S市第三紗廠去。」

「真是這麼嚴重嗎？」程秀紅看蘇洛明說得很認真，不知不覺也有一點緊張。

「可能很嚴重。」蘇洛明說：「要只是下級的鬥爭，也許不會影響到我，現在是國防部與特務部，那麼整個的文化學院都會波及。你現在同情T・S・A・，但是在鬥爭展開之時，T・S・A・也會把政治醫學派方面對妳生育任務的豁免的事當作一種武器來攻擊他們的。那時候妳將怎麼樣？我們將怎麼樣？」

「那麼林冰士呢？」

「她有她的路，她可以同劉度賦結婚，可以回到原來的崗位去。妳怎麼還有力量去照顧她？」

「那麼你說他們兩方的鬥爭，誰會勝利呢？」

「現在我還看不出什麼跡象，但如果真是國防部與特務部的鬥爭，那麼再多半年一定要攤牌，那時候就可見分曉了？」

程秀紅平常總有點意見要同蘇洛明爭辯，可是當蘇洛明表示得這樣嚴重的時候，她感到這整個的空氣正如她被號召去人工生育時候一樣，她感到一種隱暗沉重的苦悶。

她忽然莫名其妙的想哭一場。

十五

兩天後。程秀紅接到了黨組的通知，叫她於一星期內到S市第三紗廠去報到。

程秀紅現在知道這是蘇洛明的手法，正如她當初能夠被批准來文化學院進訓練班一樣。她沒有表示什麼，只將通知書放在蘇洛明看得見的地方。蘇洛明看見了就說：

「啊，已經來了，他們辦得很快。」

程秀紅點點頭。

「那麼妳打哪一天走呢？」

「明天我到黨組去辦手續去。」

蘇洛明知道程秀紅的心情，她雖是一個很堅強的女性，但是這是婚後第一次別離。蘇洛明走到她身邊，擁著她的身子說：

「妳放心，我很快就會同妳在一起的。」

程秀紅忽然抬起頭，望望蘇洛明說：

「我一定要離開這裡嗎？」

「黨的意思是不會錯的。」蘇洛明笑著說。

程秀紅現在知道蘇洛明這句話的涵義。這不是一句敷衍式的託辭，也不是幽默的調笑，而是一種很科學的習慣用語。黨是人在指揮，是人在活動的。蘇洛明有辦法讓黨來指派程秀紅同到S市第三紗廠去，但他是無法讓林冰士不接受人工生育的。黨正如一塊大石塊，有人可以推動它，有人無法推動；有人可以把它推動一二丈，有人只有把它推動一二尺，大家各憑自己的力量，力量大的人甚至可以把這塊石塊舉起來壓在別人的頭上，把別人壓死，也可以彼此相對的推，誰有力量，誰就可把石塊壓在對手的身上。在這樣的情形下，天時地利自然都是因素，諸如風的方向，地勢的高低自然都是可以使石塊易於移動的條件。現在T・S・A・與政治醫學研究所的鬥爭也正是雙方在爭著推這塊石塊而已。

程秀紅沒有再說什麼。蘇洛明又說：

「我很快會同妳在一起的。」

「我可以向他們辭行嗎？」程秀紅忽然問，彼此都瞭解「他們」是指丁元極與劉度斌一些人。

「自然；還有訓練班的一些同志。」蘇洛明說。

當時，程秀紅就想到了林冰士，她覺得她遠行了以後，誰還能照顧這個可憐的「母親」呢？唯一可托的只是訓練班的幾個同志了。

第二天，程秀紅就一個人去十四醫院。她對林冰士自然什麼話都不能說，只能說她接到黨的命令，要她回到S市第三紗廠去報到。這也就是說，當初約定的等林冰士生育後，搬到她家裡休養些時的夢想也已經破碎了。

林冰士現在非常乾瘦，肚子大，兩腿發腫，面色焦黃；她聽了程秀紅的話，一時沒有反應，隔了三分鐘，淚水從她閉著的眼睛裡湧出來。

「這是黨的意志。」程秀紅說。但是她知道林冰士還無法瞭解這句話的意義。

林冰士幾乎沒有說話，她只是依靠在程秀紅的身上，悄悄地流著眼淚。程秀紅吻她抱她都無法安慰她，程秀紅只有一句話可說：

「我會叫訓練班的同志們來看妳的。」但是說多了也沒有意義。其次就是程秀紅要林冰士同她通信，但是林冰士好像對什麼都不再相信。那麼約定不約定有什麼用呢？

程秀紅覺得她太愛林冰士，她愛林冰士已經遠超過愛蘇洛明。但她又覺得她對不起林冰士，她一直騙著林冰士。她之所以豁免了人工生育的任務不是因為身體不好，這是一個騙局，她被指派到S市第三紗廠報到也是一個騙局；而她竟必須瞞著林冰士。

可是，程秀紅又想下去，她之到文化學院何嘗不是一個騙局？而林冰士是憑什麼關係來文化學院的？大家都默認大家是優秀的工人，因為這份優秀，所以被選拔到文化學院來訓練了。

這因為，這都是黨的意志！

程秀紅那天晚上宿在林冰士那裡。林冰士的房間暖氣和暖如春，奶油色的傢俱，金色的沙發都顯得整潔光亮。而刺人視覺與令人不安的則是那張高大的全身的英雄的照相，他像是監視著她們的一舉一動。這使程秀紅很快的就關了燈，她在被窩裡抱著林冰士，覺得林冰士是屬於她的。她愛林冰士，但無法安慰林冰士，無法保護林冰士。

林冰士已經是一朵垂枯的花朵！

黨沒有讓劉度斌來看她這是對的，程秀紅想。她相信要是劉度斌看到這樣一個失去了一切嬌美的林冰士，可能就不再愛她了。這也就是當初要林冰士在生育後到她家裡休養些時的用意。

林冰士緊緊的靠著程秀紅，她好像覺得程秀紅是一切溫暖的來源。她的薄薄的嘴唇像兩瓣玫瑰花瓣，一直貼在程秀紅的臉龐。她的呼吸是輕微的，她好像在睡覺但隨時都有感應。程秀紅吻她。她忽然又從眼角流著淚水說：

「妳如果真的愛我，帶我去死，好嗎？」

程秀紅吃了一驚，她推開林冰士，望望她的臉說：

「妳怎麼想到牛角尖裡去了。妳年輕，美貌，妳有無限前途，妳必須想到妳自己。我過去一直想到黨，現在我知道黨就在我們的心中，沒有了我們對黨的愛，黨也就不存在了。我愛妳，但必須妳活著，妳健康，妳從痛苦中恢復過來，我們才能建立我們的愛。」

林冰士只是抱著程秀紅哭泣。

程秀紅摸到她隆起的肚子，她發覺裡面的孩子在動，她輕輕地撫摸著它。忽然想起有一次在參觀一個瘋人院時，聽見過一個瘋婆子低聲地在自說自話：

「孩子是我的。我的都獻給了黨，黨的都沒給我。是我養的孩子⋯⋯以前養的孩子都是母親的，現在母親養的都不是自己的孩子，養的都是黨員⋯⋯」

她又想起在初中讀歷史時，老師說幾百年以前，那時社會充滿了封建的頭腦，養了孩子就像多了一筆財產，要孩子孝順父母，要孩子陪伴父母，要孩子想著父母……所以那時的人只曉得家，不曉得國家；只知道父母，不知道黨……

如果這孩子真是屬於林冰士的，那麼也許她會多一點希望吧。於是她輕輕地說：

「妳也該想想你肚子裡的孩子。不管怎麼樣，經過了妳的肚子，他就是妳的孩子。」

「它不是我的孩子，它不是我的孩子……」林冰士囁嚅著說，淚水流濕了程秀紅的面頰。

程秀紅找不出話可以安慰林冰士，沉吟了好一會，她說：

「妳千萬好好生活。我雖然要到南方去，但會很快的回來。……也許，如果我不馬上回來，妳養了孩子；也不是馬上結婚，也可以到南方來，我們可以設法在一起工作。總之，我們一定可以安排一個積極的快樂的生活，黨對於我們這種積極熱情的工人，總會照顧的。」

程秀紅在林冰士耳邊低訴著，但是林冰士沒有反應。她對於程秀紅的安慰雖然也感到親切溫暖，但知道她所說的都是不會實現的夢想，她對一切都沒有信心，對劉度斌，對程秀紅，甚至對自己，對黨，對這個現實的世界。她抱著程秀紅，她把淚頰貼在程秀紅的唇上，她好像覺得有些暫時的依靠。

她輕輕地柔順地呼吸著。

程秀紅輕輕地拍著懷中的林冰士，不再說什麼；一直意識到林冰士已經安詳的睡覺了，她才鬆了一口氣，她開始把頭伸出被外。

月光從視窗照進來，她看看暗淡的周遭，那張頂天立地的大相片裡的英雄，像鬼魂一樣在注視她。她打了一個寒噤，把眼睛埋在林冰士的鬢邊。她忽然想到她在小學裡去參觀歷史博物館時，老師告訴她歷史中封建時代有一種可憐的女孩子，抱著神主木牌結婚的故事。那大概也正是同這可怕的相片結婚一樣的情形了。

第二天，程秀紅醒來時，林冰士已經張大了眼睛望著天花板。林冰士看見程秀紅對她笑，便溫柔地問：

「妳睡得好嗎？」

程秀紅沒有答她，只說。

「妳怎麼這麼早就醒了？」

「我想現在已經不早，恐怕有九點鐘了吧。」林冰士說：「妳看外面的太陽。」

「這樣的生活其實也好，妳應該儘量從好的方面去想；這裡既然有一切物質上的供應，妳就應該舒舒適適的生活，別的不用去想它了。」程秀紅看看這環境非常舒適清靜，她又開始安慰林冰士。

「可是……我的……」林冰士沒有說清楚，兩手扶著她高聳的肚子，她又忽然啜泣起來。

程秀紅一時竟覺得，如果她自己也留在這裡，陪林冰士在一起為黨創造孩子，也許不是不快活的事情。至少她可以天天不要勞動，不要工作，天天伴著林冰士。但當她忽然想到這房內整天監視著她似的那個相片，那個她厭惡的英雄的幽靈，她馬上就覺得林冰士的痛苦是可以瞭解了，她轉身偎依林冰士說：

「妳應該好好忍耐，等妳生了孩子，妳就自由了。那時候，我們設法在一起，我看這不是難事。」

「什麼時候去S市？」

「大概是後天吧，我還不知道他們為我安排哪一班飛機。」

「妳不能再來看我了？」

「那恐怕不能了，妳知道，我還有許多……」

「我知道，我知道……」

林冰士打斷了程秀紅的話，緊緊地偎依著她。

「我們通信，我們多多通信；如果辦得到，我也會儘量設法早點回來，也許我可以趕回來接妳出院。」

「妳？」

「自然這不一定可能，不過我總一定設法，也會叫蘇洛明設法。我們通信，我會把一切進行的情形隨時告訴妳。」

她們這樣談了許久，林冰士對這些安慰一時似乎燃起一點希望，但當她離開程秀紅的懷抱時，這些希望又似乎馬上幻滅了。當她們從床上起來，面對著大相片裡的英雄，這時一切溫暖與親切之感都已消失。

林冰士像是被惡魔從她情人懷裡搶走一樣，她馬上失去了依靠，感到零丁與孤獨。程秀紅搭十一點半的車子回市區去。林冰士沒有到門口送她，只是關在房間裡哭泣。

十六

蘇洛明對於程秀紅去S市，也難免有點小資產階級的惜別的惆悵，但是他知道這是唯一的辦法。就在程秀紅的行期已定，向各方面告別的時候，文化學院的空氣已經開始緊張，但是他並沒有讓程秀紅知道。

程秀紅動身的前夕，蘇洛明與程秀紅兩個人在自己的房內，蘇洛明開始對她說：

「妳到了那裡，自然常常要寫信來，但是信內千萬不要談起T・S・A・一批人，或者不關我們的什麼事情。」

「那麼，我可以同他們通信嗎？」

「當然不可以，絕對不可以！」蘇洛明說：「我正要叮嚀妳這件事。妳除了同我寫信以外，千萬不要同任何人通信。」

「難道同我們訓練班的同志，同林冰士也不能通信嗎？」

「除了一封簡單的報告到目的地的信外，我想也沒有寫信的必要，是不？」

「但是我同林冰士……」

「自然不能通訊。」

「這怎麼可以呢？你知道我們的交情是不同的。」

「但是她，她是劉度斌的愛人，妳知道……」
「我不會談到劉度斌，我只想安慰她，她現在實在非常憔悴。」
「可是，如果她在給妳的信裡提到劉度斌呢？」
「那麼，我就不去理睬她，我只談些我同她兩個人間的事情。」
「可是這有什麼可談呢？」蘇洛明說：「寫在白紙上的種種，都可能有問題的。」
「真是這樣嚴重嗎？」
「一切不能不作最妥當的安排。」蘇洛明沉吟了一會，忽然笑著說：「我想有一個辦法可以行。妳不要直接給她寫信，妳只寫信給你們訓練班的黨組主任與班組主任，由她們轉交，把要對林冰士說的話，也寫在她們的信裡，總之，最好沒有妳的信存在林冰士的手上。那麼將來牽涉到她時，不會牽涉到妳。」
「真是這樣的嚴重？」程秀紅忽然擔憂起來，她焦急地說：「如果真是這樣的嚴重，那麼趁現在還來得及，我們不可以替她想個辦法嗎？」
「我們自己能想出辦法都很勉強了，還不知道是不是可以躲避這個要來的風暴，別人，我們有什麼能力去幫助她。」
「那麼，我們就看她在風暴中消滅了。」
「自然我們現在還不能夠完全知道，也許林冰士會沒有事，因為她已經安靜地在醫院裡生產，與外面很少接觸。而妳如果寫信給她，自然也會對她引起意外的麻煩。」

蘇洛明先說程秀紅與林冰士通信會引起程秀紅的麻煩，程秀紅覺得這也太自私一點，她內心有一種奇怪的反抗，現在聽說會有害於林冰士，她想想也正有這樣的可能，所以她開始默認了蘇洛明的意見，但她覺得她必須先要設法讓林冰士有這份瞭解。她與林冰士分別的時候，再三叮嚀彼此常常通信聯繫，現在忽然要推翻前議，自然要先讓林冰士知道才好。

程秀紅起初想在訓練班裡找一個同學對林冰士去說，但一個一個的想過來，覺得竟沒有一個能夠做這件事情，最後她只好決定還是要自己再去一趟。她同蘇洛明商量，說她決定完全接受他的意見，但她必須自己去告訴林冰士；因此她只好把行期延遲兩天。蘇洛明沒有辦法，只得於第二天，一早為程秀紅向黨方請求，設法，終算獲得批准，她可以晚兩天到S市第三紗廠去報到。

這樣，程秀紅於第二天下午又到了第十四醫院，她想到前天的情形。她知道林冰士只有她一個親人，只有她一個朋友，如果聽到她說兩個人連通信的約都要取消，她會感到多麼傷心與害怕。

程秀紅起初曾經答應林冰士於生產後到她的家去住些時，休養些時候；後來她去告訴林冰士她要去S市，她又答應林冰士彼此聯繫；甚至要林冰士把一切困難同她商量。現在則連通信都要取消了。她不知道應該怎麼樣開口才好。她自然不能告訴林冰士現在劉度斌的政治處境。林冰士現在還相信黨對她的號召是完全為人民的利益，而並不是另有一種陰謀在背後。如果知道了這個底細，知道了劉度斌的政治處境，知道程秀紅之體格檢驗不適合也是一種政治的把戲，她可能就再也無法活下去了。

車子在郊外空曠的原野駛行，可以看到廣闊的藍色天空與發著金光的白雲。但是程秀紅無暇去注意，她也忘卻了這天氣的寒冷；她覺得她太對不起林冰士，但是竟一點也無能為力。最後，她終算尋到一個合適的謊話，她將告訴林冰士是她自己政治處境的變化，她的再被派到S市就是一種改造。她必須在紗廠中好好改造自己，同林冰士通訊，可能對自己改造成績有影響，而這自然於林冰士也很不利的。

程秀紅覺得只有這樣講可以說服林冰士，並且可以獲得林冰士的同情與信任。

汽車就在程秀紅左思右想之中達了十四醫院。

由於程秀紅已經是大家都熟稔的人，所以很快的就到了裡面。她同樓下幾個人招呼，詢問林冰士在哪裡。

「好像沒有看見她下來。」有人告訴她。

程秀紅到了樓上，但是林冰士的門鎖著，她想林冰士大概睡得正甜，何妨讓她睡一會，自己可以到樓下去看看報。但一看時間已經不早，而她下午也就要回去。所以又重新打門，但是竟沒有人應。

程秀紅開始有點奇怪，她打得更重更急，心裡也更加疑慮。這時候醫院裡的管事來了，也覺得事情有點蹊蹺，她們報告了黨組主任，黨組主任命令把門撬開。

程秀紅搶著闖進房門。房內，明窗淨几，一切都非常光潔。林冰士打扮得非常整齊美好的挺直的仰臥在床上。

她臉是青的，嘴唇是紫的，頭髮平正美好，眼睛輕掩著，她已經死了。

程秀紅握著她冰冷的手，禁不住哭了出來。

許多人都擁在門口，黨組主任命令大家都出去。

住院醫生進來，她拉開程秀紅，開始檢驗林冰士。

程秀紅忽然想到林冰士應該有一封遺書給她的，她到桌子上去尋找，但是黨組主任阻止了她，叫她出去。

以後房門就關起來。

於是黨組主任醫生們一一出來，房間緊鎖著。

一個鐘頭以後，四個特務部人員來了，他們在房內搜索到下午四時。

程秀紅一直同大家等在下面，下面許多人你一句我一句在說話，她一直緘默著，不時的擦擦眼淚，癡呆地坐在那裡。一直到四個特務部人員走後，程秀紅重新回到林冰士的房間去。但是房間的門鎖著，門外貼著一張特務部的封條。勤務同志告訴她，林冰士的屍體已經被送到解剖室了。程秀紅這時候才想到明天要啟程去S市，她在這裡也無能為力。而蘇洛明恐怕已經在焦急地等她回去了。

程秀紅回家是下午六時，蘇洛明不在。但是勤務同志告訴她，蘇洛明已經打了好些電話問過她。程秀紅打電話給蘇洛明，蘇洛明告訴她，他已經接到特務部的通知，要程秀紅暫緩去S市，問程秀紅到底是怎麼同事。

程秀紅告訴他林冰士自殺的事情。

蘇洛明在電話裡沒有談什麼，但在回家後，他詳細詢問林冰士自殺的經過。他說：

「是不是她有日記，在裡面提到了妳。」

「沒有，她從來不寫日記的。」

「妳怎麼知道呢？」

「我知道，我擔保她不會有日記的。」

「那麼遺書，她可能有遺書給妳，信裡可能說到什麼話。」

「這個我可不知道了。」

「特務部要妳明天不走，一定是為了要調查這件事情，我想他們一定會來找妳，妳現在必須有個準備才好。」

「我怎麼準備？假如林冰士有遺書給我，我現在也無法知道她說些什麼。」程秀紅說著，沉吟一會又說：「我只好到時候隨機應變了。如果……」

「劉度斌現在是否知道她已經自殺了。」

「恐怕還不知道。」程秀紅說：「是不是我該通知他一聲。」

「妳通知他，對於他有什麼好處？」蘇洛明說：「可是對於妳，又多了一個枝節。妳現在唯一應該去報告的是妳們訓練班上的班組主任與黨組主任。」

這一句話提醒了程秀紅，她覺得如果對於她與林冰士的關係有點說明的話，那麼訓練班的黨組主任們一定可以幫她許多忙。如果她們肯把她與林冰士的親熱表現說成年輕人常有的同性愛的樣子。這至少可以減輕政治上的某種契合的誤會。

程秀紅於是就到了訓練班去，她先以為訓練班的人或者還不知道，但當她到了那裡，訓練班的人正在談論林冰士的事。因為特務部已經派人到訓練班裡來調查林冰士的過去了。

程秀紅當時只是哭泣著把她去十四醫院的經過報告給大家聽。她對林冰士表示一種親密的同學愛與同志愛，她極力避免談到劉度斌。有人問到劉度斌是否知道林冰士自殺的事情，她只說，黨方自然會讓劉度斌知道的。

程秀紅談到林冰士的死，但不知道她是吞服什麼藥死的。她一直沒有想到這個問題，倒是訓練班的人，從特務部的來人口中，知道林冰士大概是偷服了大量的她常服的一種安眠藥死的，而十四醫院樓上的醫務人員疏忽罪是無法避免的。

程秀紅從訓練班回來後，就沒有再同別人接觸，她心裡很不安，專等特務部的傳詢。

到了下午，劉度斌突然來訪，這是劉度斌第一次來找程秀紅。

程秀紅對劉度斌突然來看她，先是很驚惶，覺得接納他也不對，不接納他也不對。再則想到他可能有什麼特別消息要告訴她，而自己忽然也覺得有許多話想同他談談。

劉度斌似乎變了許多，他面容消瘦，頭髮蓬亂，衣服隨便，眼睛裡掛著紅絲，似乎還帶著幾分醉意。他沒有坐定，吸上一支煙，開口就說：

「冰士到底是怎麼死的。」

「聽說她是服安眠藥死的。」程秀紅說。

「那麼有沒有遺書？」

「我想一定會有的，但是特務部還沒有把它公佈。」

「他們也太毒辣了。」程秀紅知道劉度斌所說「他們」是指誰，她趕快用話支吾開去說：

「林冰士實在太脆弱了，她還是有一種小資產階級的戀愛至上的趣味，她太憂鬱，……太憂鬱，所以精神上可能已經失去了平衡。」

「妳最後一次，是什麼時候見她的。」

「是我向她辭行的那天，我在她那裡住一晚。」

「她對妳說過些什麼？」

「她什麼也沒有說，只是說，如果我走了，她朋友更少了。」

「妳要走？」

「我要回到S市的紗廠去，啊，是的，你也許還不知道。」

「那麼蘇同志呢？」

「他，他暫時不會離開這裡吧，我想。」

「妳離開這裡也好。」劉度斌忽然站起來，若有所思的沉吟了一會，又說：「妳那天見了林冰士，她有點什麼不同嗎？」

「我只覺得她很瘦，很消極。我自然勸勸她，她好像也很肯接受我的勸告似的，怎麼也想不到她會……唉。」

「她表面上像是很溫柔，但實際上是一個個很強的女性。」

「我知道。」程秀紅說。她沒有再說下去，她覺得對劉度斌多談這些，都可能會引起別種問題的。

但是劉度斌並沒有立刻表示要走，他只是望著程秀紅說：

「她應該有遺書給我們的。」

「我不知道……」程秀紅意思是要說不知特務部什麼時候可公佈，但她沒有說下去，只說：「一個人死都死了，有沒有遺書都無法救活她了。」

「但是如果她有什麼冤屈，我們做她朋友的是不是應該為她伸寬或者洗雪呢？」

「劉同志，黨正在調查這件事情，我們慢慢總會知道的。」程秀紅說著，站了起來又說：

「我還要到我們訓練班上去看看，如果有什麼特別消息，我再告訴你。」

這自然是要劉度斌走的意思，但是劉度斌並不想走，他楞了一會忽然說：

「妳也好久沒有去看丁元極教授了。」

「是的。」程秀紅說：「我因為接到工作上新的分配。有許多事情忙，總是分不出時間。」

程秀紅一面說著，一面自己意識到這是一個託辭。自從蘇洛明叮嚀她以後，她就沒有再去看丁元極他們，現在想起來，這也有點故意避開的痕跡，所以她又補充了一句：

「我正想在去S市以前，去拜訪他一次，向他辭行。」

劉度斌正要表示些什麼，程秀紅馬上接下去說：

「現在我要去訓練班，我們一起走吧。」

這一說，劉度斌也只好站起來。

他們分手後，程秀紅覺得劉度斌似乎同以前完全是兩個人了。

十七

蘇洛明對於程秀紅去S市之被延阻，心裡有很大的不安，等他知道劉度斌突然來訪程秀紅，他更覺得怕有意外的麻煩。他先是想去打聽一下究竟，後來又覺得不該大露痕跡。他知道程秀紅與林冰士間的關係不會有什麼政治的成分，但程秀紅同情林冰士之不願受胎則是一個事實。如果真有什麼證據落在特務部人的手裡，他現在去說情，反而不好。如果沒有什麼證據，那麼想來不會有什麼大事，所以不妨等事情發展了再作道理。因此他表面上故作對這件事毫不關心，靜待特務部的態度。他知道特務部第一步當然是傳詢程秀紅，等傳詢以後，他想一切的究竟也就可明瞭了。

當天晚上，蘇洛明特地幫助程秀紅預備特務部查詢的答辭。他設想林冰士的遺物或日記信件中一切的可能，還要程秀紅細細回想她在病房中與林冰士的談話與行動，他猜想那房間中也可能有錄音的紀錄，明天傳詢中的話，必須與這些過去的紀錄相符才行。

根據她們間的關係，蘇洛明也馬上想到程秀紅在萬不得已時應當承認她婚前與林冰士的某種同性愛的關係，說在程秀紅婚後，林冰士就一直陷於奇怪的寂寞之中，所以程秀紅時常去勸慰她。這樣至少可以解釋她們間過分密切的關係。

這倒是與程秀紅有不謀而合的想法。

他們就是在這樣的準備之後，靜候特務部的傳詢。

但是特務部到第三天才來傳詢程秀紅。程秀紅當時不免有點緊張，但是到了特務部，被帶到一個年輕的特務人員前面，她的心情開始平靜下來。

那位年輕的特務人員請程秀紅坐下後，很客氣的問些關於她與林冰士交往的過程，以及林冰士進醫院後的情形。程秀紅很老實的說出她準備了好久的話。她強調林冰士性格的懦弱與批判地說林冰士的小資產階級的劣根性很強；而林冰士自己也知道這一點，所以一直希望程秀紅說明她克服這些缺點，因此程秀紅就特別同她接近，而以後兩個人的感情也就不同起來。程秀紅說自己因為身體不及格，所以從十四醫院裡被遣回以後，林冰士就覺得很孤單，要程秀紅多去看她。最後一次程秀紅是去向林冰士辭行的，這大概更使林冰士覺得孤單了。

程秀紅說完後，等那位特務人員的詢問。但是那位特務人員只是翻閱桌上的案卷，一言不發，最後他從抽屜裡拿出一個信封給程秀紅，他含著笑容說：

「這是她留給妳的。」

程秀紅心裡一時很緊張，她打開信封，裡面有一封簡單的信。除了謝謝程秀紅對她愛護以外，請程秀紅接受她母親給她的那個紀念品。最後請程秀紅有機會到C省時，順便到F縣人民公社去看看她母親。另外是一個小紙包，包裡是那條以前掛在林冰士頭上繫著一顆雞心的銀鏈，程秀紅知道那條銀鏈是林冰士母親給林冰士的，鏈端的雞心中，一面是林冰士母親的，另一面則是劉度斌的相片。當時程秀紅心裡自然更加緊張起來，她覺得她必須對特務人員有一個解釋才好。她慢慢的把雞心打開，一面是林冰士母親的相片，是多麼一個慈祥的面孔。程秀紅說：「她大概是要我安慰她母親吧。」她又慢慢打開另一面的雞心，她不知道對劉度斌的相片應該怎麼說才好。但當她打開的時候，發現裡面的相片竟不是劉度斌，而是林冰士自己，是一張非常美麗的相片。程秀紅看了一回林冰士的相片，她哇的一聲哭了出來。

那位年輕特務局人員忽然笑笑說：

「好吧，妳請回去吧。謝謝妳來。」

程秀紅拿著這條銀鏈回家，還不知結果如何？但是到了第二天，黨方就有通知給程秀紅，說她可以動身去S市了。

程秀紅現在開始覺得她有點離不開蘇洛明，她戀念她的家，她也戀念訓練班一批同志，她戀念文化學院一草一木，她也戀念T・S・A・一群朋友，以及同他們在一起的日子。她最後覺得她必須去看丁元極教授一次。她知道這是蘇洛明不贊成的事，所以事先並不想告訴他。她在清理東西時找出從T・S・A・朋友中拿來的幾本書刊，她想不妨就借還書為名而同時去辭行。她於那天下午趁蘇洛明不在時去拜訪丁元極教授。

丁元極教授不在家，程秀紅原想留一個條子就走了，但是裡面出來一個丁元極的姪陸的學生，他認識程秀紅，就招呼她進去，說丁教授一回兒就會回來的。

到了裡面，發現以前訓練班的一個同學史彤也在那裡，史彤是一個非常秀美的女孩子，高高的身材，健康的膚色，大大的發亮的眼睛。程秀紅很早就注意她，但因為不在一個單位裡，所以沒有什麼來往。程秀紅也是第一次看到她同T・S・A・的人有來往。這時候，書房裡忽然走出一個戴眼鏡的瘦長個子的青年，陸同志為程秀紅介紹：

「這是許列同志。」

「我們見過，她是程秀紅同志。」許列笑著說。

程秀紅自從上次在丁元極家裡碰見過許列後，一直沒有再碰到過，現在彼此談話中，才知道他在C市教書，丁元極是他的老師，所以每次到P市，一定來看丁教授。

再談下去，才知道史彤是許列的情人，許列也是第一次帶她到丁元極教授這地方來。程秀紅發現史彤確是一個健美的女性，她的眼睛大而長，睫毛濃濃的，眼珠漆黑，眉毛上斜，非常有鋒棱，微微掀動時，非常嫵媚。她與林冰士完全是兩個典型，她是豐碩英逸，林冰士是嬌小纖秀。程秀紅自然去把許列與劉度斌作個比較，她發覺許列倒像是整飾細膩，冷靜的科學化的人，劉度斌則像是比較粗獷豪放浪漫的人。

他們談了大概有二十幾分鐘，丁元極教授回來了。丁元極教授很高興見到程秀紅，說他正約許列幾個人吃便飯，希望程秀紅也可留在他那裡吃飯，程秀紅說她明天就要去S市，有許多事情要做，所以她不能奉陪。她又說她是特地來辭行的，並且把幾本書刊拿來奉還。

丁元極教授這時就談到了林冰士的死。他很憤慨的說：

「人工生育的理論，現在總可以宣佈破產了吧？」

「你也知道林冰士是怎麼死的？」

「劉度斌已經告訴了我。林冰士這孩子。也太可憐了。他自己大概不知道她是一隻政治的犧牲羔羊。」

程秀紅自然知道這句話的含義，但是史彤不能瞭解，她問：

「她怎麼是政治的犧牲羔羊？」

「她要不是劉度斌的情人，絕對不會被召去受胎的。」許列對史彤解釋說。

「如果我們無產階級國家真要建立在這樣的政治醫學上面，那麼還不如建立在電腦上面好。我們的電腦如果發展成一種機器人。那麼人類就不必生育，要什麼樣的人只要把什麼樣的電腦去配什麼樣的機器人好了。」丁元極教授感慨地說。

「以後我們的國家，除了一小撮統治的階層外，就只需要機器人了，其他的人都可以清算得一乾二淨，省得活在那裡礙事。」陸同志說。

「可是電腦如果發達到這樣，也一定會產生反對派的，而一小撮的統治階層，也正可以分為左右兩派。雙方控制看一群機器人來互相鬥爭的。」許列回應著說。

「我不知道究竟帝國主義與修正主義的國家裡的人民與機器人有多少分別！」陸同志說。

這時候外面進來了劉度斌。他仍是那天一樣的衣裝很不整齊，但是精神好像好一點，他一進來就說：

「你們都比我早到了。」於是他看到程秀紅，又說：「好極了，妳也來參加。」

「我是來向丁教授辭行的。」程秀紅對劉度斌說：「明天我就要去S市。想不到在這裡能看到你。真好，那就在這裡對你告別了，祝你想開一點，林冰士已經死了，死的不能復活，我們活著的人還是要活下去。」

「可是，林冰士，等於是我害死的。」

「這都是因為你太愛她的想法，我起初也覺得我對她的死有一部分責任，現在則知道這還是我與她太要好的想法。其實人活在世上如果自己失去了信心，同死了有什麼不同呢？」程秀紅說。

這時候，外面進來兩個青年，一個是程秀紅碰見過的醫學院讀書的人，另外一個程秀紅不認識。程秀紅看大家好像是約定的一種會集，想到蘇洛明關照她的話，她就趁此站起來告辭。

程秀紅出來的時候，她走到劉度斌面前，把林冰士送她銀鏈的事情告訴他，問他有沒有收到什麼遺物。劉度斌從懷裡拿出一封信，他說：

「這就是她留給我的。」

程秀紅拿出來一看是十幾張林冰士的不同年齡的相片，看了看她問：

「沒有信？」

「一個字也沒有。」劉度斌說：「也許有信被沒收了。」

「我想不會的，她不用說什麼，我們也都已知道了，是不？」

劉度斌伴程秀紅到門口。程秀紅看看四周沒有人，她握著劉度斌的手說：

「那天在我家裡，因為有勤務同志，所以沒有能多同你談談，請你原諒。」

劉度斌笑笑，他看著程秀紅的表情說：

「那麼妳明天走了？」

程秀紅點點頭。

「珍重。」劉度斌說。

「你更應該為林冰士珍重。」程秀紅又笑著說：「再見！」

程秀紅走了十幾步，回頭看看，劉度斌還站在門口。

程秀紅對劉度斌揮揮手，才低頭獨自再向前走，這時她突然悟到林冰士愛劉度斌的理由了。

程秀紅回到家裡，蘇洛明已經在家裡。他問程秀紅去哪裡了？程秀紅告訴他，她找出了幾本書刊要還丁元極教授，順便也同他辭行。

蘇洛明沒有說什麼。到了晚上，當兩個人在房裡時，他問她在丁元極家裡耽多久，又問她碰見什麼人，又問她談些什麼話。

程秀紅只好把經過都告訴他。

蘇洛明聽了，沉吟了許久，最後說：

「妳千萬不要把這些同別人講。」

「我同誰講？明天我就要去S市了。」

「妳到S市後，也不要提到妳同這些朋友的關係。」

「是這麼嚴重嗎？」

「我們都是普通的工人。沒有資格去參加他們的集團。」蘇洛明說。

「你覺得他們會失敗嗎？」

「誰？」

「T・S・A・一群人。」

「誰知道。但有一點是一定的，政治追求的不是真理，是權力。在政治上，有了權力就有真理；在科學上是獲得了真理，才獲得權力。」

「這話我不懂。」

「譬如醫學上對於傳染病的知識吧，妳有了這種知識，就有了控制傳染病的權力。譬如我們在工程上，因為有工程上的知識，所以有駕駛機械與電力的權力。可是在政治上，則是必先掌握了權力，才能掌有真理。T・S・A・這批人爭的是『真理』的是非，那至少對政治瞭解是不夠的。」

程秀紅對蘇洛明的解釋有很多想法，她雖覺得還不十分懂，但是她沒有再問。她想到自己明天就要走了，她說：

「你也打算到S市來嗎？」

「我希望能夠這樣，如果不能離開這裡，那就很難完全不受到風浪的。」蘇洛明說：「妳去可千萬不要同T・S・A・的朋友通信，寫信給我或訓練班的同志，也千萬不要提起這裡任何的事情。」

「我知道。」

「我們只能永遠相信黨。」這是蘇洛明最後的話。

等蘇洛明入睡的是候，程秀紅還是醒著，她有奇怪的離情，也有說不出的惆悵。

「相信黨，是的。」程秀紅想到當初在S市工廠裡的日子，她是多麼單純快活。她相信黨，依賴黨，她覺得自己是屬於黨屬於國，一切都是為黨為國。黨，國與人民是三位一體的東西。現在她知道了，黨是人管的，國也是人管的。管黨的不只是一個人，每一群人都可以自稱代表黨；管國家的人也不是一個人，每一派人都可以自稱為國家的代表。自從知道了這些以後，她就開始不快活，她時時有許多問題。她以前在S市的時候，特別在認識蘇洛明以前，她是一個純潔的無產階級。自從到了P市以後，她自己看到許多東西，學到許多東西，她知道自己比以前進步了許多，但是也就多了許多痛苦，也可說是失去了所謂無產階級的單純性與純潔性。那麼究竟知識這東西是使人進步還是使人退步呢？程秀紅左思右想，怎麼也睡不著。最後她想，她寧願重新回到以前的日子，每天過著團體的紀律的生活，除了工作外，就是吃飯睡覺開會，有時隨著團體去旅行，什麼都不必問不必聞。她決心這次回S市，要重新恢復以前這樣的生活她對P市有許多牽掛，對T・S・A・一群朋友，對訓練班一些同志。但是她想日子久了，一切也會淡下來。蘇洛明也正在設法南調，如調到S市，自然他們可以另建生活，她希望她仍可以住在廠裡。每星期回家一趟最好。她本來對林冰士無法安排，現在林冰士已經死了，死了一切也就完了。

程秀紅拿出那條林冰士送給她的銀鏈，她看了一回林冰士的相片，又看林冰士母親的相片，她拿來把她掛在自己的頸上。

蘇洛明的鼾聲使靜寂的夜更顯得寂寞，她轉一個身，手摸著銀鏈下的雞心，她想著林冰士開始入睡。

第二天早晨，蘇洛明先醒來，他有許多話要同程秀紅談，所以把程秀紅弄醒了。這是他們第一次分別，兩個人的離情別緒引起他們很多纏綿。蘇洛明又一再說他必須努力要求外調，程秀紅於是關照他一切小心。蘇洛明又一再關照程秀紅不要同T・S・A・的朋友們通信，寫信給他也千萬不要提文化學院的一些朋友。

那天他們起身已是十時，十二時的時候，兩個人已經在飛機場。

天氣很好，太陽照耀著開闊的大地。

蘇洛明等飛機起飛後，才一個人回來。

在飛機上，程秀紅開始感到自己的懦弱，她是多麼不想離開蘇洛明呢！懦弱，只是一種自慰，實際上是小資產階級意識在作祟。一想到自己心理上竟有小資產階級的意識，程秀紅自己就開始有點害怕。

十八

程秀紅原以為回到S市第三紗廠後，她可以重新過以前在那裡工作時一樣的心情，但是事實上並不如此。她回到了S市第三紗廠，工廠裡把她派到計工股裡工作。計工股是幹部職員的工作，比工人們的工作要輕鬆得多，二者待遇也不同，職員們的宿舍有的四個人一間，有的兩個人一間。工人們的宿舍則一律是八個人一間。伙食也有許多差別。此外餐廳、休息室都不相同。工人宿舍，每一層樓有兩百人，只有容五十人的休息室，裡面一架電視機，像銀幕一般的高高架在上面，全樓的人還只有輪流著才能享受。職員宿舍一層樓只有五六十人，就有兩個休息室，一個是為高級的職員用的，一個是低級的職員用的，程秀紅屬於低級的職員，但在休息室裡已經有軟椅可以坐。看電視也不必擠在長板凳上抬著頭去張望了。

程秀紅在做工人的時候，並不羨慕或妒忌職員們的生活；但當她做了職員的時候，她倒覺得這種生活上的優越是不合理的。但她知道教條上是認為平均主義是一種小資產階級的錯誤思想。對於第三紗廠的種種措施，她是從來沒有懷疑過的，現在則覺得哪裡都有問題。她看到人與人的關係，都不是她以前所想的簡單，也許以前根本就沒有想過。可是現在她竟不能不想。她對於所謂無產階級的國家這個概念也開始懷疑。她一面不能不想，一面也不得不禁止自己多想。譬如她現在發覺第三紗廠人事的升遷並無任何客觀的根據，她自己之所以去文化學院，之所以回來升任職員，就完全是蘇洛明的關係。這樣，她就發覺一切都是與她以前的信仰不能共存的事實。這些當然是她自己的小資產階級個人主義的意識在作祟，但是蘇洛明也竟是有這樣的意識，是他鼓勵她、引導她向這方面發展的。她發現她有時恨蘇洛明正是為這個，但她每一次恨他，似也增進她對他的愛情。她想到當她被征去人工生育的時候，蘇洛明問她是不是不願接受這個任務，而她說「不願」，於是蘇洛明以通神的手段，使她脫離了這個任務，這以後她就再也無法不依賴蘇洛明瞭。而現在，她又回到一個人的世界，回到工廠裡，她原以為回到工廠裡重新可以找到自己，但是她再也找不到過去快樂的自己了。再也找不到過去快樂的積極的單純的無產階級的程秀紅了。程秀紅真的已經不是以前的程秀紅，她變成冷靜，沉著，她很少說笑。個人每天過著刻板的生活。她有空的時候，就到休息室看電視，因為電視裡常常有P市的新聞。

她常常與蘇洛明通信，但寫信簡短是無產階級國家的一個特徵。蘇洛明讓程秀紅知道的只那是他正在努力謀外調到S市來工作。

她自然很想念在P市的生活，但她知道這是小資產階級意識的一種甦醒。她常常有這種矛盾的想法，緊跟著是一種說不出的害怕，她先覺得她必須克服這種矛盾，現在則覺得她應該克服的倒是這種害怕了。自己整天責備自己的小資產意識的復活，這變成一種鬥爭；這種內心的鬥爭，她以前做工時不曾有過。她知道有些人像蘇洛明這樣，也從來不曾有過。她注意周圍的人們，慢慢的發現，所有年輕的積極的幹部好像每個人都有這樣的掙扎，而年長的衰弱的幹部則都會避免這種痛苦。她細細的觀察這些人的做人態度，也偶而從側面的向這些人請教。她發現他們就是所謂「依賴黨」。黨的一切都是對的，在黨沒有批判他們的時候，他們自己的一切都是對的。當他們向黨要求什麼，只要黨沒有拒絕他們，那麼他們受之都覺無愧。一切資產階級的享受，如果黨不來干涉，那麼就是屬於無產階級的。黨永遠不會錯。黨如果接受一個人的賄賂，它是一定有它接受的理由，它不會錯，而那個賄賂黨的人也正是配合黨的要求，它的行為也是無產階級的行為。如果黨不接受那個人的賄賂，那麼黨當然也是正確的，那個賄賂的人必須承認自己的錯誤。但錯誤並不一定是在賄賂，而在不得其時，不得其地。一切的向上級的鑽營自然也是一樣，而上級所代表的也就是黨。在組織中言，一個幹部所依賴的黨也就是上級。上級所依賴的也是上級，最高的上級是只有在相片中電視中出現，這是黨中央。黨中央正如一顆太陽，沒有人能夠看到他，沒有人能夠接觸到他，但是他靠他發射的光芒就變成無所不在，無所不至。而芸芸眾生碰到一點太陽的光芒也就知道了那麼高高在上的有一顆太陽，能給每個人依賴的接觸的也就這點光芒。如果這點光芒是不能依靠的，那麼那個人也就迷失了。

程秀紅發現了這些，但是她無法接受這種人生態度。原因是她有了兩個上級，一個是組織上的上級，一個是婚姻上的上級。這個婚姻上的上級就是蘇洛明。蘇洛明讓她看到太陽照在別處的光芒。

程秀紅無法忘記她在文化學院的經驗。她無法忘記劉度斌，無法忘記丁元極教授，無法忘記她在T・S・A・所見到的每一個人，同他們的言論，自然她更是時時想到林冰士。

夜裡，當她一個人躺在床上失眠的時候，她摸著林冰士送給她那條掛著雞心的鏈子。她就想到林冰士纖小的身軀，溫柔的嘴唇與低微的呼吸。林冰士是個黨員，她應該依賴她的上級才對，可是，當她被徵召接受人工生育後，她便失去了上級。照說她的上級是醫院裡的黨組，可是她還被逼著去順從房間內那張幽靈般的相片。而她心裡還有一個劉度斌，她也許覺得劉度斌才真正是她所該依賴的黨。既然劉度斌也是一個黨員，而且是一個上過深紅的優秀榜的黨員，為什麼不要她去同劉度斌養孩子，而要她接受人工的生育呢？林冰士從來沒有提出這些問題，但是程秀紅知道這正是林冰士所常想的。

想到這裡，程秀紅時時感到對不起林冰士，以她如此健康的身體，竟以不健康的理由擺脫了這個生育的任務，而林冰士反而無法逃免，這難道正是黨的意志嗎？如果她也沒有擺脫，同林冰士一起在醫院裡，那麼，她相信林冰士一定是不會自殺的，她一定可以給林冰士許多愛護與寬解。如果事情倒轉來，林冰士逃免了這個任務，她倒不能逃免，那麼她是不是也會像林冰士一樣的去自殺呢？這樣一想，她感到自己有點迷失，她無法知道自己，也無法相信自己。

程秀紅的這些煩惱、彷徨與苦悶，現在完全是自己的，她無法同任何人談，她也不願同任何人談。她在工廠裡現在已經沒有一個朋友，沒有一個可以互相交換意見的同志。她有一個上級，但她無法依賴他；而那個上級似乎也因為她從文化學院來的，對她也另眼相看。所以程秀紅雖是寂寞，但也非常清靜。程秀紅有時也想到文化學院中政治醫學派與T‧S‧A‧鬥爭的發展情形，但是這是不見報刊不見電視的事情，她自然也不能在信中問蘇洛明，蘇洛明也不能告訴她這些。她也就只好不再去探索了。

就是這樣，日子悄悄的過去了。

蘇洛明在春初時來信，提到有調遣南方的希望，雖不一定是S市，但一拖幾個月，現在春天已經過去，忽然又說黨需要他在P市，一時還無法離開等等。程秀紅對這個變化，很費思索，她似乎有一種預感，覺得這正是政治醫學派與T‧S‧A‧一群人的鬥爭尖銳化有關聯的，但是她無從進行任何進一步的探究。

於是，大概一個多月以後的一個星期天早晨，她忽然在無產階級報上看到一篇報導。這篇報導的標題是：

「文化學院內發現反黨、反無產階級、反人民的集團」。

文章中並沒有提及任何人名。只說，文化學院內有一群人，在黨組外，另有組織，這個組織裡包括有名的長期由黨培養出來的教授、助教，以及由黨選拔提攜學生們。他們每天研究討論對抗黨的理論，反對黨的政策，直到最近發展成一種破壞黨的威信的行動。文中還舉出奇怪的具體例子，其中一個是反對黨的培養無產階級計畫，黨對於新生一代的無產階級的純潔性向來是最注意的事情，但是這群人竟製造出奇怪的理論反對這種措置。程秀紅馬上就想到那是指人工生育的那件事情。

她非常關懷T‧S‧A‧的一群朋友，也非常關懷蘇洛明。她曾經答應過蘇洛明不給T‧S‧A‧的一些朋友寫信，她自然無法能有直接的消息；她也曾隱隱約約的在給蘇洛明的信上問到他們，但是蘇洛明來信從來沒有提過一句。現在看到了報上的新聞，她就寫了一封信給蘇洛明。

「……閱報知道文化學院出現了反動集團，不知道內幕究竟如何，希望您會與敵人劃清界限，站在正確的立場上捍衛黨、捍衛無產階級，並盼給我一點消息，以慰下懷。」

她發出這封信以後，第三天的報上看到了一個似乎與文化學院的事件毫無關係的報導，那是國防部的副部長劉百韜被撤職的簡短消息，但程秀紅知道這是與文化學院內風波有直接關係的事情，那麼國防部與特務部真的是在攤牌了。

程秀紅很希望能在蘇洛明來信中知道一些情形。

但是蘇洛明竟一直沒有回程秀紅的信。

而報上忽然又出現了另一個消息：

「文化學院將邀請全國一百五十個文化團體，檢舉批判反動集團的反動分子。」裡面說：「不管他在科學上有什麼貢獻，不管他在過去有什麼功勳，不管他有什麼背景，只要他有反黨的意圖，我們都將認為他是無產階級的敵人，挖出他的根源，予以改造……」

程秀紅忽然想告假回P市一趟看一個究竟。她知道她要是短期告假回P市一趟，她是可以得廠方批准的，但是她不敢造次，她寫了一封信給蘇洛明：

「……一直沒有你的音訊，身體好嗎？甚想回P市來看你。此信一到，盼即覆。如五日無回信，我即請假北上……」

這封信發出後，第三天就接到了蘇洛明的快信，信裡說：

「……你在生產崗位上，千萬勿隨便告假。P市一切如常，我現在忙極，大概忙過這一陣，秋季可調到南方工作，會面不遠，應忍耐……」下面又有一行「又及」：「北方氣候，對你不宜；黨因此調你到南方工作，如又告假北來，似有負黨對妳的特殊愛護矣。」

程秀紅細細的讀這封來信，知道蘇洛明一定是為文化學院的風彼，而無法脫身了；她知道她如果去P市，一定會增加蘇洛明的麻煩的。

她現在只好忍耐的等待，她唯一可以知道文化學院的風波一點消息的，是報紙、刊物、收音機與電視。

她現在更加緘默，她對什麼都不表示意見。有幾次廠裡有人談到報上所載文化學院的消息，因為她曾經在那裡受過訓，所以想請她告訴一點那裡的情形時，她總是說：

「文化學院實在太大，我在訓練班時忙於學習，對這些大問題知道的太少。而且我在那裡是幾個月以前的事情，那時候，好像沒有聽說誰是什麼反革命分子。」

這個答案自然可使人滿意，但是當她一個人的時候，程秀紅意識到她在撒謊，而撒謊是小資產階級個人主義的產物。

十九

自從程秀紅離開P市，蘇洛明雖是感到一點寂寞，但覺得輕鬆許多。他對程秀紅與T‧S‧A‧一批人來往，隱隱地感到一種害怕，如今他可以不再擔憂。他寫信給程秀紅，一再要她在紗廠多交新朋友。紗廠中有不少可愛的生產女工，這可以使自己生活充實，不必懷念知識階級的朋友。因為知識份子多少都缺少工人階級的真樸，這意思自然是暗示她不要再同T‧S‧A‧一些人有什麼通信一類的往還。而程秀紅來信也一再訴說她除了他以外，沒有同任何人通信。這使他很放心。他現在一心一意想不露痕跡設法外調；但是文化學院的空氣則一天一天的緊張起來。

政治醫學研究所的一些朋友現在似乎有意來拉攏他，常常請他參加各種晚會。文化學院政治醫學研究所是全國政治醫學研究的中心，各地政治醫學家到P市，總是到文化學院來交換經驗，參觀考察等。政治醫學研究所常有招待他們的晚會，這些晚會本來是不邀請研究政治醫學以外的人的，現在忽然廣約文化學院的其他單位的人士，蘇洛明無法拒絕這些邀請。他在晚會中雖然不覺得空氣有點異樣。但在他所碰見各單位的人士中，獨獨沒有屬於T‧S‧A‧的朋友。在這些晚會之中，政治醫學家時時談到改造社會與改造人一類的問題，蘇洛明自認為外行，所以很少發言。

政治醫學研究所的人們加強對T．S．A．的攻擊與加強對文化學院其他單位的人們的聯繫，蘇洛明知道這是他們要在文化學院內與T．S．A．的人士攤牌的預兆，他很希望他可以跳出圈外，但是除了及時外調外，似乎再沒有其他辦法了。

蘇洛明的外調，一度曾經有望，但是以後忽然又沒有希望。他知道他是再無法跳出這一場是非。但是他仍想不牽入太深，他把自己的工作加重，表示無法外顧他事一樣，有時候也就借此拒絕了政治醫學研究所的邀請。

仲春時，政治醫學研究所的百花齊放宮落成典禮，邀請了黨國領導人及文化界教育界的人士參加，這件事轟動了整個文化學院，但報紙上則反而並沒有宣揚，好像是與一般無產階級沒有什麼關係。蘇洛明是被邀請的人士之一。他原先以為這只是一個屬於政治醫學研究所另一個外加的普通機構，但參加了典禮以後，他發現這將是一個歷史性改造人類世界的事件。

所謂百花齊放宮是座落在白零山上，幾乎整個的白零山都籠置在百花齊放宮裡面。宮中樹木蔥籠，名花異草，飛禽走獸，流水瀑布，湖光溪色；他們將天然的山水加了人工的點綴，儼然成了一個絕色的花園。裡面的建築設備，也真是富麗堂皇，宿舍裡的佈置，每一個思想家，將有三間房間。其中一間是給專任的勤務同志住的。思想家們還沒有住進去。參觀的人只是由美麗的招待員陪同著，由他們向參觀的人作簡要的說明。

典禮的儀式是在園中的一圃廣大草地上舉行，由黨支書記主持開幕，說明黨之重視政治醫學與報導過去政治醫學在歐陽橫德醫生領導下的突飛猛進等等，接著就請幾個要人訓話，訓話都是簡短的冠冕堂皇的重複的舊調。最後是歐陽橫德精闢的演講，這演講則是一篇驚心動魄的宣言。

歐陽橫德先就這一世紀來政治醫學的進步說到無產階級國家對於階級的要求。政治醫學在人工生育的推進已可保證以後人民的階級純潔性。但是人類社會是在勞動中演進，演進到現在，已到了機能分工的階段。我們無產階級的國家不容資本主義及修正主義的思想，但是把這些思想錯誤的人當作犯人，原是為維持無產階級的政權；現在我們的政權已經十分穩定，任何的力量都不能推翻我們的政權了，我們政治醫學也已經證明可以控制人類的機能。因此，我們現在要提倡百花齊放與百家爭鳴。現在我們成立這個百花齊放宮，就是要讓一切不同思想的藝術家、音樂家、哲學家、科學家、文學家們不分新舊正反的都可以在這裡鳴放，自由議論，自由批評，甚至於自由攻訐。任何過去認為思想上的犯人，現在一到這個百花齊放宮，都將摘去不名譽的帽子，一視同仁的統稱為思想勞動者。這些裡面思想活動，在科學哲學文學藝術方面作各種發揮，我們將供給一切生活上的舒適與安全，使他們可以集中心力去著述，我們將用答錄機紀錄他們的演講、討論與批評。他們的著作、議論、思想與見解，我們將彙集在一起，交給黨中央學術思想館去保存、整理、編印，以供萬世千秋的參考。

歐陽橫德講到這裡，四周掌聲齊鳴。蘇洛明楞了一回，沒有鼓掌；忽然發現旁邊有一個人在注視他，他趕快避開那個人的視線，熱烈鼓起掌來，一面迎上去，像是想更清楚的聽歐陽橫德醫生的演講一樣。

這時，旁邊一個年紀五六十歲，養一束鬍子的人，手裡拿著節目單問他：

「同志，這位在演講的人是誰呀？」

「啊，是歐陽橫德醫生，鼎鼎大名的。」他說。

「歐陽橫德醫生？」那位問他的人似乎不知道歐陽橫德。蘇洛明當時就輕輕的在對方拿著的節目單上把名字指給他看。

當時掌聲已過，全場肅靜，再聽歐陽橫德醫生講下去。

歐陽橫德接著是報告政治醫學發達的情形，他說政治醫學在外科方面是可以將人的機能集中與孤立，這是大家都知道的事情。政治醫學在內科方面已經可以用針藥使人完全遺忘過去，重新做人，而又能保留那個人已有的技能的事情已有很大的進展；政治醫學的心理病理科在培養人的意識與習慣上，以前要一年二年的工作，現在幾個月都可以完成。他說：

「大家都知道以前的所謂勞動改造。——一個資產階級改造成無產階級要長期與工農兵一起生活，一起勞動，才能脫胎換骨。——這一套理論現在已經過去。現在，政治醫學可以在兩星期內，使一個不愛勞動的資產階級完全變成一個什麼都不想什麼都不問的只愛勞動的無產階級，政治醫學可以使一個思想不正確的人完全洗去他的思想，變成一張白紙，然後再用政治心理病理治療法使他在白紙上養成新的意識與習慣。」

「有人要問。」歐陽橫德繼續說：「既然如此，為什麼還要建立百花齊放宮？」

「這就是英明的黨與我們偉大的統帥、偉大的舵手、偉大的導師、偉大的恩主的偉大決定。要我們人類的思想充分發展，使百花集中齊放，使百家統一爭鳴。

「因此，百花齊放宮並不是要改造思想勞動者的思想，而是要思想勞動者充分發揮他的思想與主張。

「從此以後，歷史上再不會有思想改造一類的事情，歷史上也再不會有所謂思想犯一類的名稱。在無產階級國家中，任何的思想都可以存在，任何不同思想的人都是『思想家』，我們黨將全部把他們交給政治醫學，由政治醫學家把他們供奉在百花齊放宮中。」

講到這裡，掌聲又雷動起來。蘇洛明不自覺也跟著鼓掌。但是他全身的肌肉有點痙攣。他不知所以的有點顫慄。

歐陽橫德接著講到這是全國第一座百花齊放宮，也可說是有實驗性的，如果成績好，我們計畫不久建立第二座。第二座將設在東南區，以後第三座將設在西北區，第四座將設在東北區。如果有需要，黨還要另外增加。住進這些百花齊放宮的思想勞動者，也將有交流串連，可能每半年或一年依編排重新遷動一次，使每個思想家可以與另外的不同的思想家們接觸討論與研究。

歐陽橫德於是談到政治醫學因為得到黨與領導的鼓勵而日趨發達，因而感到政治醫學醫師與護士的缺乏，所以，黨正預備在各省市設立政治醫學院與護士學校，以應各地政治醫學的醫院與機構的需要。我們政治醫學的工作人員，因黨的號召，負起了史無前例的偉大任務與使命，自然要加倍努力，力爭上游，從公忘私的為黨服務，為人民服務，為無產階級與我們的國家服務。

政治醫學萬歲！

百花齊放宮萬歲！

無產階級萬歲！

無產階級的黨萬歲！

我們的領導萬歲！

歐陽横德叫一聲萬歲，四周齊呼萬歲，如此不斷叫了十幾分鐘。

於是有同志們開始供應雞尾酒與小吃。

二十

百花齊放宮落成典禮不久，報上陸續報導思想勞動者遷入百花齊放宮的消息。蘇洛明對於其中一些人名是熟稔的，以前他們因為思想的過錯而失蹤的，現在一律變為思想家。他們的遷入百花齊放宮，雖是恢復了他們的名譽，但是蘇洛明知道，這是怎麼樣的刑罰。

蘇洛明對於文化學院的風波，開始時發生許多不能瞭解的問題，因為就在文化學院宣稱裡面有什麼反動份子集團的時候，無產階級報上忽然出現一篇奇怪的社評。這社評似乎正對思想家們遷入百花齊放宮的事情而發的。它說，無產階級國家一直是重視思想自由的，但如果想引起反動的企圖與行動，無產階級就要撲滅這種企圖與行動。因為要撲滅這種企圖與行動，往往也牽涉了思想的自由。所謂「思想犯」，在「思想」上講，本來是有他存在的「自由」，就因他們由「思想」而有「反動」的「企圖」與「行動」，所以就成了「無產階級」的「罪犯」。現在因為政治醫學的發達，可以使「企圖」與「行動」同「思想」分離。所以這些思想犯，除去他們的「行動」與「企圖」，他們都可以做正當的「思想家」，充分享受徹底的思想自由與言論自由。現在黨建立百花齊放宮，來供奉這些思想勞動者，就是要無產階級國家徹底實現思想自由與言論自由。

蘇洛明在黨組會議中，逐漸聽到了一種向反動集團進攻的號召，大概醞釀了幾個星期。報上忽然出現了「文化學院內發現反黨反無產階級反人民的集團」的消息，蘇洛明知道程秀紅看到了一定會驚慌，不久，果然接到她的來信。接著是國防副部長劉百韜被撤職。蘇洛明知道他們已經到了攤牌的時候了。

大概又隔了一個星期，蘇洛明在小組中知道政治醫學研究所的人，已經預備開大會清算T・S・A・一群人。小組中的黨支書記，忽然對蘇洛明提到劉度斌的愛人林冰士自殺的事。說T・S・A・反對政治醫學對階級純潔性的努力，曾經用盡各種方法，他們甚至教唆林冰士自殺，在林冰士自殺後，又散佈謠言，說這又是人工受孕求階級純潔性的失敗。黨支書記提到程秀紅，問蘇洛明是否從程秀紅那裡，知道一些關於林冰士的事情，希望蘇洛明在大會上發表一篇揭發反動集團陰謀的演講，並且要他先把這篇演講稿擬好，在小組中提出來研究。

蘇洛明從黨支書記的笑容中，知道裡面的意義，他只好一口應承來完成這個任務。

就在那次後，報上刊出要邀請文化團體清算文化學院內反動團體的人，而幾天後他就接到程秀紅想來北方的消息。蘇洛明很怕黨組方面去徵調程秀紅。他知道程秀紅對於政治訓練不夠，可能發生枝節問題，能夠由他代替完成任務，反而簡單。

蘇洛明知道這一次文化學院的大會中，他將是很重要的角色，因為他是屬於文化學院的人，但並不屬政治醫學研究所的。他的發言是有內幕性的，但又是在超然的地位。他知道程秀紅得免於人工生育是政治醫學研究所的幫忙，今天他們要他做的也正是一個必須的代價。

蘇洛明對於T・S・A・一批人的理論，的確沒有很注意過，稍有一知半解還是因為程秀紅提起而去瞭解的。現在要擬一篇演講，勢必要找點材料來看看，他於是從黨支書記那里弄來了許多資料，其中自然有劉度斌、許列一類的文章。使蘇洛明奇怪的則是一卷錄音帶，錄音帶裡都是丁元極、劉度斌T・S・A・一批人零零碎碎談話的紀錄，其中，使蘇洛明吃驚的則是忽然出現程秀紅的聲音。

蘇洛明細聽程秀紅的談話，雖沒有具體的反對政治醫學的議論，但是同情T・S・A・一批人的意見，則是很明顯的。

蘇洛明把這些材料細細研究以後，他開始寫他的演講詞。

他演的講詞就是先從程秀紅說起。

他先說程秀紅是一個純樸的工人，到了文化學院後，因為林冰士的關係，時常與T・S・A・一批人接近，受了他們的宣傳，中了他們的毒。常常懷疑黨對於政治醫學重視的政策。以後因為他，蘇洛明自己，發現她的錯誤，不時予以教育，改正她的觀點，才能及早回頭，自己要求調回工廠裡去。

接著他就講到林冰士與程秀紅的友情。程秀紅曾經努力要林冰士脫離劉度斌的立場，但林冰士中毒甚深，不能自拔，對於黨選找她擔任為無產階級生育，竟敢抗命自殺。

以後蘇洛明就引證劉度斌、許列一類的文章，說他們因為思想上的偏差，敵視政治醫學。竟不惜造謠，說黨因為提倡政治醫學而疏忽了國防。

蘇洛明在一層一層引證這些議論以後，他又闡明自己的意見，他認為無產階級國家之所以偉大，就因為它的階級的純潔性，如果失去了這個純潔性，就等於被敵人從內部佔領。國防的敵人——帝國主義與修正主義——是任何人都認得出看得見的敵人，國內的敵人則只有政治醫學家看得見認得出的敵人。而這些敵人就要故意造謠誇大國防的敵人，使自己可以在無產階級國家中佔領陣地，摧毀我們無產階級國家的命脈。所以他主張要徹底肅清這些敵人。

他的演講提到小組以後，經過了三次討論，兩次修改才成為定稿。

就在這時候，報上已經宣佈文化學院已邀請全國一百五十個文化團體，於五月一日在學院中大廣場上批判反動集團的反動分子。

蘇洛明想到程秀紅一定也看到這個消息，他寫了一封信給她。

「……密鑼緊鼓，文化學院已決定五月初旬批判清算反動集團的反動份子。我們都很忙，反動份子肅清後，我大概很快可以到江南來看你，聽說你身體不很好，千萬要在勞動中鍛鍊自己，勿疏忽為要。」

蘇洛明寄出信後，看看文化學院的空氣已日趨緊張，同事間大家見面除點頭外，再不交談一言半語，雖都不知道誰在大會中要演什麼角色。

蘇洛明與T・S・A・的一群朋友本沒有什麼來往，但由於程秀紅的關係，見面也總點頭招呼，現在也還是如此，但每次同他們見面，心裡就想到自己準備好的要向他們攻擊的演講，總覺得有一種說不出的內疚。

蘇洛明很想知道T・S・A・那群人有什麼佈置，但從整個的情勢與氣氛上看，T・S・A・似在必倒之列。劉度斌的父親劉百韜被撤職以後，迄未發表新的職位，而國防部的兩位司長五位科長也都已他調，國防部屬下的幾個委員會也大大的變動或改組；這些不動聲色的暗流，報上並無說出任何原因，但蘇洛明知道這是與T・S・A・的風波有極大的關係。

蘇洛明也不知道政治醫學研究所對於這次大會有什麼樣的目的，他們主要的對象又是誰。T・S・A・裡的人物是全國優越青年的精華，他們難道就此一網打盡？

就在這時候，政治醫學月刊，忽然刊出了一封讀者來信。這篇「讀者來信」是指摘劉度斌很久以前的那篇「黨性的純潔與人工生育」的論證，是抄襲修正主義國家一位修正主義的科學家的。說劉度斌如果不是有意想輸入修正主義的思想，就是他的思想中了修正主義的毒。這封「讀者來信」並沒有指出究竟哪些論證是抄襲修正主義國家的科學家的，也沒有說明那位修正主義國家的科學家是誰，他的理論是怎麼樣的。

第二天報上就出現了「修正主義的匪諜滲透了文化學院？」的一段新聞說，據政治醫學月刊裡的「讀者來信」欄，有人揭發某人的「關於黨性純潔」的一篇文章是拾修正主義國家的某種理論的牙慧，我們無產階級國家的人民應當保持警惕，留心這種偷運修正主義的理論的人，究竟是否是修正主義國家派到我國來的間諜？

第三天起，報上、電臺上、電視臺上都出現了謹防匪諜一類的宣傳，其中強調說當無產階級國家與修正主義國家的鬥爭尖銳化之時，各種各樣的匪諜滲透到我們國家來是必然之事。有的腐蝕我們的意識，有的擾亂我們的思想，有的喬裝為我們的同志，有的偽作為某種專家，發表並宣揚各種荒謬的理論，來阻擾我們黨的號召與設施。這是因為修正主義國家已到窮途末路，他們國家內的無產階級已覺醒起來，所以不惜用各種卑鄙的手段，來破壞我國的建設與成就，所以我們必須注意這些匪諜的活動，揭發那些喬裝與偽作的假面具，讓他們在光天紅日下顯露他們的真形。

在這種密鑼緊鼓的宣傳中。文化學院月刊中忽然夾了一份劉度斌一篇油印的文章，這篇文章正面是說明自己的立場。他直率的攻訐政治醫學的理論的沒有科學根據，透露了無產階級國家國防上的落後，說明國家的經費預算如何都用在特務費用上，其中最大的支出就是屬於政治醫學的各種活動，而這種活動只是控制人民，扼殺文化，消耗國力，助長腐敗與貪汙。他並且揭發了政治醫學如何為特務部操縱來控制黨與政府的各種事實。這篇文章有五萬字，在文章的後面附有短短的幾句話：

「這篇文章是我寫的，也是我獨自油印的，也是我獨自夾在文化月刊中的，與第二個人都沒有關係。

「讀到我這篇文章的人，請把這些論據轉告給關心黨關心我們國家的人。

「我們的國家是屬於無產階級的，但現在變成屬於一小撮的特務手裡。全國人民也許都知道這個事實，但是沒有人敢說，因為每一個人都想活下去。

「每個人都想活下去，我自然也想活下去。但如果活下去而不能說想說的話，那麼活下去有什麼意義呢？而當一個人真的『想說一句話』的時候，他認為說出那句話往往比活下去還重要，那時候他就寧願放棄『活下去』了。那也就是說，當有人，有時候，要求他的思想活下去，比他自己肉體活下去還重要的時候，他就只有讓他的思想活下去了。

「儘管文化月刊只能夠到極少數的手裡，我知道歷史會讓我的意見與思想由此而活下去。「因為我的意見可以活下去，我也就可以自殺了。」

蘇洛明讀到這篇文章後，他先想把劉度斌自殺的事情告訴程秀紅，但後來覺得，如果黨要宣佈這件事，明天一定會見報；如果不想宣佈這件事，那麼他告訴程秀紅當然不很好。而程秀紅聽到這個消息，也許會說出應說的話，所以他就沒有寫信。

當天，黨組召開會議，蘇洛明知道是與劉度斌自殺的事有關，但出他意外的，黨組主任竟給大家看一本油印的「五十八彙報」的東西。這東西，蘇洛明知道是黨內的交換彙報，除了在黨的組織中一個單位的負責人士外，外人是不能看到的。現在黨組主任把它給大家看。原來裡面有一篇十二人的宣言，這宣言也是猛烈的攻擊特務部與政治醫學研究所，與劉度斌的態度是一致的。其中有一點則是蘇洛明從來沒有聽說過的，說政治醫學本來是醫學在政治上的一種應用，二十年前還是一個小小的部門，由特務部向醫學界借助而進行，現在全國百分之六十五的醫院，都受到了政治醫學的控制，在這些醫院中，病人之獲得正常的醫療，完全依照特務部對於病人「忠貞」程度而分等次。如果他們認為某一個病人不夠「忠貞」，或者思想上有點「修正」的傾向，往往會受到不必要的「酷刑」般的醫療，如沒有必要而被鋸腿剖腹等等，其中不用說，有許多是毫無理由而被謀殺的。

宣言在揭發特務部與政治醫學的罪惡後，他們說明他們是黨所培養的子弟，他們愛領導與黨超於任何人，因此他們被良心所迫，要向全國黨組揭發這個史無前例的罪惡。最後他們說明，他們十二個人在發表這個宣言後，就集體自殺了。希望領導與黨會重視他們的死諫。

小組把這個宣言讓大家看後，要大家發表意見，大家都不知道說什麼好，於是黨組主任忽然說：

「因為這些人的畏罪自殺，我們預定的批判大會的安排，不得不有所改變。諸位同志，請大家自由發表意見，如何使我們的大會進行得更有效與徹底，我們必須把這些修正主義的陰謀一次粉碎。大家發表意見，我們總結彙報上去，以少數服從多數來決定。」

黨組主任這樣提議後，大家果然「自由」發表意見了。

有人就問，這些人自殺的消息，是不是要向全國公佈呢？

「我們的上級已有決議，我們要把這個消息，冷藏到大會中公佈。」

凡黨組主任宣佈上級已有決議的事情，大家習慣上是無須討論的，因為這是「下級服從上級」的一個原則。因此大家就討論大會中如何宣佈這些畏罪自殺者的罪狀。

於是黨組主任提到蘇洛明的演講稿應當修改。大家就討論到應該如何補充與如何刪節，主要當然是要宣布T・S・A・一批人是被修正主義國家所收買，所以才如此惡毒的來破壞我們無產階級的專政。現在這些罪犯，許多都已經畏罪自殺了，沒有自殺的，我們要他們挺身自首，好好的給我們交代。

黨組主任最後就說，這次大會，一共只有二十篇的演講，我們這一組能有蘇洛明發表演說，那是本組的一個莫大光榮，如果蘇同志的演講能博得大家稱讚，那更是本組的光榮。

黨組主任當時就請蘇洛明仔細把演講詞照多數意見修改好。接著就宣佈散會。

二十一

五月五日，天氣晴朗。

批判大會在文化學院的一個大運動場上舉行。

運動場四周都插滿了高低大小紅旗，少說也有兩三萬幀，每一幀都寫著黑字的標語、口號與控訴。

一百五十個文化單位都在固定席次，每一個單位都有它特殊的旗幟。那些席位也就是參觀運動會的席位，是高高在上圍著這個橢圓形的廣場的。

這橢圓形的廣場中，有一個四方的木台。臺上後面是一張長方形的桌子，一排可以坐五個人，兩端又看兩個位子。前面則是兩架擴音機。距離木台一百步的地方又是一隻長方形的桌子，桌子前是九把椅子。兩端則各有兩個位子。這是主席團的座位。桌上放著多具的擴音機一類的東西。

早晨六點鐘已有大學及中學隊伍，陸續到來，他們圍坐在球場的最高處；所謂一百五十個文化團體後到，圍坐在下面；最接近橢圓形廣場的則是文化學院各單位的座位。T・S・A・的一些人士就在那裡，蘇洛明則坐在生產工程專家研究室的單位中。最前面是記者席，前面也放著答錄機，攝影機，電視機一類的東西。

等會場人員已滿，大概快七點半的時候，廣場上出現了十八個荷槍實彈的武裝同志，接著陸續走出九位年齡在六七十歲左右的穿著高級幹部服裝的領導同志，最後一位是大家都認識的黨中央元老院的院長。群眾中起一些騷動，忽然有人鼓掌，接著大家都鼓起掌來。那九位同志走到主席團的座位前並不坐下，站了一會，中間一個同志於是舉起拳頭來，低聲地叫：

「無產階級萬歲！」於是八個同志就同時舉起拳頭，四周大眾就跟著大聲齊呼：

「無產階級萬歲，萬萬歲。」

接著中間那位同志又舉起拳頭，輕輕地念：

「無產階級的黨萬歲。」

八個同志也跟著舉拳，四周大眾又大聲嚷出：

「無產階級的黨萬萬歲。」

第三次則叫：

「無產階級的領導萬歲！」

第四次則叫：

「無產階級革命萬歲！」

第五次則時：

「偉大的統帥萬歲！」

「偉大的導師萬歲！」

「偉大的元首萬歲！」

「偉大的舵手萬歲！」

這樣呼聲雷動地叫了十五分鐘。這是大會的固定儀式。九位年長的領導同志就座後，臺上有一位年約四十歲左右的人，站在臺前的擴音機前，報告這次所開的批判會的意義與目的。

他以非常冷靜的口氣說，文化學院為全國最高學府，為最優秀的黨員與人才養成之所，黨與人民都重視這個機關，所以不惜用一切豪奢的供應使裡面的人才都有新建樹，在必要時為黨國效勞。不意其中有些人樹立小組，與黨為敵。我們審慎調查研究之後，發覺這些小組，起源本是一種偏差的思想，逐漸擴展之後就被敵人利用滲透，成為反黨的組織，現在聖明的黨已及時發覺，加以揭發。那些真正有反動意圖的人，已前後畏罪自殺。我們希望一切被這些人利用的人，或者是被他們蒙蔽，糊裡糊塗接受他們觀點的人，都能夠坦白懺悔，覺悟自新。黨是寬大的，對於認罪的人，只要他真心誠意認錯故過，以後立志為人民服務，黨一定會幫助他使他有機會走向光明。

現在我們這裡有一個名單，是各黨組中與這群反動集團有過接觸的同志。他們將一個一個的從自己的觀感給反動派以正確的批判。這裡一共是二十個同志，在他們的批判後，我們要反動集團的人自動的出來向人民認罪懺悔。

接著就由坐在左端的人念出一個名字。當時就有人走出來，走到臺上，在擴音機前開始演講。

這是第一個。

他有一個高大的身材與一束美麗的鬍子，他自己宣稱是文化學院人類學的教授。

他用單調的聲音說T．S．A．一群人有的是他學生，都是很好的青年，他們的思想是由機械唯物論出發，本來不是什麼不好的事情，但弄到後來發展成反黨反革命，一直到被敵國利用，實在可惜。現在希望他們早日醒悟，他要求黨給他們自新的機會。

他講了三十幾分鐘。接著是第二個。他的口氣比較激烈，主張嚴重懲罰反動派，又講了許多重複的話。以後就是第三個，第四個。……每一個演講都在三十分鐘到四十分鐘左右，接著有三四分鐘的掌聲。掌聲中也夾著「打倒反動派」、「揭穿反動派的陰謀」等的呼聲。

到了第十四個講完以後，臺上宣佈蘇洛明的名字。蘇洛明走到臺上，他從口袋拿出演講稿對著擴音機宣讀，他先是注意前面主席團的九位同志，他們似乎對任何人的演講都沒有什麼反應。其次他注意他所屬的黨組的組主任，他看到組主任正聚精會神的在「看」他演說，他突然發現這位組主任的眼睛特別小，耳朵特別大。他避開這對小小的眼睛，繼續他的演講，稍稍提高了一點嗓子。就在這時候，他猛一抬頭，忽然發現在二百碼的人叢中有一對美麗而尖銳的眼睛注視著他，這對美麗的眼睛發出一種憤恨緊張可憐的光芒，他打了一個寒噤，避開了這個視線。但當他讀了兩句講稿後，又偷偷的去看它時，他被它吸住了，原來那是一個美麗的少女，有一個橢圓形的臉，他並不能看得很清楚，但他發覺這個少女在嫌棄他，在恨他，在卑視他。忽然這個少女用手掠了一下頭髮，微張著發抖的嘴唇，像要說話似的，他的眼光一時收斂了一下，忽然他看到她的眼淚流下來了；他看到她用手帕在拭眼淚。他再讀他的演講：

「這些反動派竟如此惡毒，如此可怕！竟如此惡毒，如此可怕……」

他念著，但是心裡想到：這麼遠的距離，我怎麼會被它吸引去呢？這個眼光，這個眼光，這些反動派，這個眼光，這些反動……這個眼光。

這時候他知道他已經有點混亂，他定了定神，於是說：

「這些反動派，都有一種反動的眼光，他們用這個眼光來看黨，對黨一切的措施都會不滿意。所以我們要用政治醫學糾正他們的反動的眼光。……」

他慷慨激昂的講著，忽然發現這是講稿裡所沒有的詞句。他正要回到講稿裡的詞句時，他聽到政治醫學研究所的席位中發出熱烈的掌聲，一時全場的掌聲雷動起來。他停了一會，在政治醫學席位上搜尋歐陽橫德，但歐陽橫德教授好像並不在，領導鼓掌的是那個年輕的李叔亮。

蘇洛明念完了演講詞，一群記者圍上去給他照相，四周鼓掌雷動；他走下臺來，抬頭一看，馬上又碰到了這個美麗與憤恨的眼光。

「這是誰呢？這眼光！這眼光！」蘇洛明在想這個問題。

當時已經有第十六十七的人在繼續演講了。等二十個人的演講完後，主席宣佈暫時散會。明天早晨七點鐘繼續再開。

蘇洛明從會場出來時，黨組主任招呼他說：

「你加了一段，真好，真好！」

蘇洛明不好意思的笑了笑，匆匆就趕回家裡。

蘇洛明想不起這個女孩子是誰，但他相信一定是程秀紅的朋友，可能是程秀紅也為他介紹過的。他決定第二天一定好好認清一下；他預備帶一副望遠鏡去。

第二天是星期日。

蘇洛明於六點三刻就到了會場，會場上已經早填滿了人，主席團還沒有來，離開會的時間還遠。蘇洛明很有時間用望遠鏡向昨天那個地位去搜索，但是竟怎麼也找不到那個眼光，那個臉。他想她或者會晚到一回，但是到主席團到來，大家大呼萬歲十五分鐘以後，他還是尋不到這個美麗而帶憤恨的眼光，他知道她一定不會來了。

今天是所有反動派的人到臺上發表演講。也是由主席團像昨天一樣的唱名。

接著是一個一個的上來，坦白自己與T・S・A・的關係，大同小異的認錯，向人民服罪，表示改過，服從黨的改造，以後一心一意的不怕流汗，不畏流血的為人民服務。一個講完了走下去，另一個上來，如是著大概有了十幾個人。

這時候，主席叫了一聲許列同志。

臺上就走上了一個挺秀瘦削戴著眼鏡的青年，他用冷靜的眼光向四周一掃，然後從懷裡拿出一疊講稿。用非常清楚而堅定的語氣演講起來。

他先說明現在帝國主義國家與修正主義國家科學的進步與無產階級國家科學的落後；再說到T・S・A・只是要無產階級國家注意國防科學的一種主張的一群學者的團體，他們要黨與國家領導人看重國防科學。他們是愛黨愛國的團體。

他說到這裡，四周浮起了「撒謊！撒謊！」的呼聲。

但主席團允許他說下去。

他於是說這到群愛國年輕因為被一種謠言所蠱惑，說什麼國防經費之缺乏，是因為政治醫藥研究與設施費用龐大所致，所以他們反對政治醫學。恰巧由政治醫學控制的人工生育而生的無產階級的兒子，有三個淪為反動派，他們就認為政治醫學是沒有用的東西。

這時候全場肅靜。

演講者忽然說：「這群被認為反動的人，有十二個人畏罪自殺了，但他們自殺時有一個宣言，我想有許多人沒有看到過，現在如果大會不反對，讓我來讀給大家聽。」

主席團中忽然有人叫演講者停止，但是中坐者叫演講者把宣言讀出來。

演講者於是朗誦宣言。當時遙遠的學生群中忽然有人鼓起掌來。

這時演講者忽然說到，在這十一人自殺以前，先有一個劉度斌自殺，他有一篇文章，自己油印了夾在文化學院月刊中，如果在會的人沒有看到，我也可以朗誦給大家聽。

「反對，反對。」許多人叫起來。

「讀給我們聽，讀給我們聽！」遙遠的學生群中發出了龐大的聲音。

主席團中有人對中坐的人低語。但中坐的人叫演講者繼續下去。

演講者於是用非常激昂的聲音朗誦劉度斌的文章。

忽然一陣掌聲從群眾中浮起來。

這時候，忽然有人站起來大呼：

「打倒反動派！」

一陣響應的呼聲大叫：

「打倒反動派！」

演講者忽然在擴音機中大呼：

「政治醫學集團才是真正的反動派。」

主席團中有人說：

「這個人瘋了！這個人瘋了！」

演講者繼續嚷：

「是他們陷害愛黨愛國的學者，陷害了愛黨愛國的青年，是他們蒙蔽黨，蒙蔽人民，蒙蔽領導，把全國造成了恐怖的世界。我們必須打倒他們。」

全場一時騷動起來。

這時候有人指揮武裝同志去逮捕演講者。

但是演講者忽然從懷中拿出一把一尺長的利刃，他把刀尖直抵自己的胸口，一面叫：

「我是一個愛國者，我現在以死向黨與領導請求，徹底查究誰是罪犯！」他又叫：

「無產階級萬歲！領導萬歲！」

這時候，兩國武裝同志已經要上去抓他，他突然用利刃插入了自己的胸膛。最奇怪的是他自己竟又把刀子拔出來，鮮紅的血竟濺到百步以外的主席桌前。

會場中一時哄聲四起。

主席宣佈散會。外面員警齊集，指揮群眾離開會場。

一群一群人從會場中出來，有的面色沉重，有的驚慌無主，有的低頭歎息，有的目定口呆，有的在低詢同伴，有的在揩抹眼淚。蘇洛明很清楚看到許列自殺的情形。他楞了許久，簇擁著的人群裡著他走到外面。他的車子停在停車場內，人群正擁擠，他不想馬上去駕車。他一人走著走著，下意識的對那位演講者許列感到一種奇怪的敬佩，他想到自己的演講，想到自己的演講的內容，想到那對美麗而憤怒的眼光，想到自己說錯了話以及被人稱讚種種，感到一種說不出的羞慚。

他於是想到這對美麗而憤怒的眼光。

這眼光可能也竟是代表程秀紅的眼光。

這眼光可能也代表了正義的眼光。

這眼光可能也代表了歷史的眼光！

二十二

全國的報紙都在報導這個批判大會，同時也揭露了畏罪自殺的劉度斌同其他的十二個人。但對於許列的演講說得非常簡略，只說到他堅持反動立場，所以被中止發言。自然沒有說到他當場自殺。

程秀紅讀到這個消息，心裡有說不出的激蕩。她知道第二天晚上有電視播送現場實況，所以很早就去看電視。

先是她聽到了那些千篇一律大同小異的批判者的演講，接著她在電視中看到蘇洛明。報上曾經說到蘇洛明的演講引起一致的掌聲。她相信他無論如何會有點不同的內容。這是一個她所敬愛的人，她知道他有不同的氣魄與灑脫的意見。所以在電視中看見他走上講臺，她的心就砰砰的跳起來，比自己要這樣的去演講還緊張。

等到蘇洛明走上講臺，她看到了他的畏首畏尾的神情，而一發言就為自己不必要的洗脫，故意侮蔑林冰士的話，使她有說不出的反感。以後那些完全對政治醫學一方面諂諛的言詞，顯出他完全是一個醜惡卑微的小人。她想到如果她也在場，她一定會站起來自我坦白，同他劃清界線，揭穿裡面的許多謊言；她於是想到，這也正是蘇洛明不要她在P市的原因。

程秀紅雖然認識蘇洛明很久，但只有兩個人的私人生活。蘇洛明在公共場合中，在辦公室，在同比他高級或有權勢的人面前，是怎麼樣的一副嘴臉，什麼樣一種姿態，她是一直沒有見過的。現在，在電視中看到他這種仰人鼻息、卑微無恥的樣子，一瞬間把她以前所建立的灑脫高明有氣魄有風度的形象完全破壞了。她不知不覺掩面啜泣起來。

電視中介紹這些批判演講以後，就是許多T・S・A・的人們的坦白懺悔，其中好幾個人她是在劉度斌與丁元極那裡見過的。她知道這些人的處境，他們儘管是與平常那種活潑高朗的態度完全不同，但是較諸蘇洛明則還是顯得純樸與可愛。

最後她看到了許列。

許列的挺秀的形象，一字一句清楚的頓挫，誠懇切實的語氣，謙虛的態度而又懷著堅持自信的論證，頓時折服程秀紅。她忽然想到史彤，她羨慕史彤，她想像史彤一定是在會場中，她望著她的情人的氣度與風範，是多麼可驕傲呢。

許列宣讀了十二人的宣言，宣讀了劉度斌的文章，但是主席團的人禁止了他發言；電視就顯示群眾的「打倒反動派的呼叫」，接著就是主席宣佈散會。

許列當場自殺的鏡頭則沒有出現。

許列自殺的消息是在第二天報紙上發表的，說是散會後被群眾攻擊而畏罪自殺的。

程秀紅看了這個電視，又從報紙上看到各種消息，有的還特別介紹蘇洛明的演講，刊登了他的演講照片。她心裡感到一種說不出的反感。她發覺自己已經完全沒有依靠。她一直相信黨，她又一直信愛蘇洛明，現在黨也沒有了，蘇洛明也消失了。別的不敢說，她對T・S・A・一批人的愛黨愛國之心是絕對信任的。為什麼要說他們是反動派，是修正主義國家的間諜呢？根據蘇洛明的話，這是國防部與特務部的鬥爭，顯然，T・S・A・這批代表國防部立場的人有更正確的理論，於人民於國家更有利，為什麼黨要支持特務部呢？為什麼蘇洛明也要作特務部的走狗呢？如果獨立的人士大家能說一句公道話，黨是不是也會接受較正確的意見呢？……

黨組忽然發動「關於文化學院批判反動派」檔的學習運動，程秀紅覺得她如果參加了一定會暴露她的態度，所以她就裝病而申請到H市的療養院去休假。

蘇洛明有信來，他似乎很得意的說文化學院的風浪已經過去，他也許不久可以獲准南來。程秀紅看了感到一種奇怪的厭憎，她無法想像她還可以再像以前一樣的去愛他、親他。她幾次都想動筆回他一封簡短的信，但她寫寫也就撕去，她覺得怎麼樣寫都不是自己的話。

程秀紅申請休假，很快獲得批准，她還得到黨支書記的介紹信，她不知道這也是蘇洛明在批判大會表現成功的緣故。她的假期是三個月，她希望屆時能再申請延長一個月，以後她想要求黨組派他到邊遠的地區去。她要忘記這可怕的過去。

蘇洛明在信中先說沒有接到程秀紅的信，非常想念。現在聽說她身體不好，要去H市休養，甚感安慰。他如果早知道，也可以申請短期休假，到H市去碰見她。現在因為正在申請南調，尚未批下，不能再申請休假。但南調以後他自然可另申請幾天假期H到市去看她的。

程秀紅這才寫了一封回信，說她現在身體非常不好，只希望靜養些時，她沒有期望他南來，也沒有期望他到H市。她知道蘇洛明來了，她也不能避免見他，見他以後會發生什麼樣的印象，她也不知道，所以她在信裡這些都不提。最後只說，她希望休息一些時以後，請求組織派她到邊遠地區去做基層工作。

程秀紅發了這封信後，就一個人到了H市。

H市是一個風景區，程秀紅到那裡是六月一日，陰曆是四月底，正是春末夏初，氣候宜人，花木蔥籠之時。

H市有三個工人療養院，程秀紅去的是在王初山上的那間。王初是一個工人的名字，因為他不惜犧牲自己，在那個山麓公路上救了一輛載軍火的卡車，所以把這座山改名王初山去紀念他。這個療養院的原名是H市第三工人療養院，現在也簡稱為王初療養院。程秀紅有廠方黨支書記的介紹信，大家知道是蘇洛明的夫人，院方黨組主任對她非常客氣。

王初療養院占地三百畝，裡面有八座八層樓的房子，可以容四千多工人。

程秀紅住在C座的七層樓上，病房很寬闊，裡面有十二張床。窗下有很大的花園，遠望可以看到翠綠的湖山。早晨雀唱鶯啼，清切可聞。

雖然這裡是十二個人一間大房，但那環境很快使她想到P市的十四醫院。程秀紅一生就只進過這兩個醫院，兩個醫院雖是完全不同，她也正看到許多相同的地方。不用說，引起她的相思的是林冰士。她一想到林冰士，就意識到自己的逃避人工生育，對林冰士的撒謊是一件可恥的事。

她同同病房的人，只是簡單的交談幾句話，她不想多說話，她自己對自己有許多話要說。她想到蘇洛明，想到許列，想到T‧S‧A‧的每個人。於是她想到丁元極教授。為什麼在報上與電視中都沒有他的名字與消息呢？她問自己為什麼她會愛蘇洛明？為什麼會這樣聽蘇洛明的話，而處處投機取巧，迎合時勢，沒有勇氣追隨T‧S‧A‧那批人呢？

療養院的設備非常齊全，有很大的休息室，裡面有電視，音響，報紙，刊物，還有一個圖書館，也有不少書籍；有運動場；也有檯球，乒乓球的室內設備……餐廳很大，也有咖啡室，音樂室，棋室一類應有盡有的設備，只是都是公共的團體的，沒有一個人自己靜靜可耽的環境。唯一可有的是在龐大的花園中去找一個角落。程秀紅於第三天就找到了一個所在，那是一個人工的小湖後一塊石岩的後面，那裡有一株高大的梧桐樹，樹下是一片青草。她在那裡站了好一會，她想以後每天倒可以在這裡讀書。療養院的生活是自由的，不用開會，不用學習，但是有一個要求，就是在出了療養院以後要寫一個報告，這報告一份寫給療養院，一份給自己工作的崗位。程秀紅想，報告中還是寫些所讀的書比較要好些。

程秀紅以後生活，就慢慢的定了一個規程，只要天不下雨，下午三點到六點總是一個人到那個梧桐樹下去看書。夜間則與大家過團體的生活，一齊唱革命的歌曲，或者看電視，或者偶而也打一回檯球。

她把她生活的情形寫信給蘇洛明，說她非常感激黨的恩賜，使她可以過幾個月這樣的生活。她說，蘇洛明如果來南方，最好在她出院以後再來。因為那時候她的心情與健康就會恢復了。不知怎麼，程秀紅這時很怕見到蘇洛明；她覺得不會見蘇洛明猶可，如果會見了，她想到他在電視中出現的情形，她知道她是很難同他親近的。

蘇洛明於三天後就來信了，他說他的申請已經獲得批示。他可以有三個月的考察，但要跑很多地方，到H市也許只有一天可耽擱，考察完畢後，他將仍回P市工作。希望那時可以同她一同回P市，要程秀紅於出院後就向上級申請調到P市工作。

程秀紅沒有再回他信，她想等蘇洛明到H市時，當面同他談，她希望可以一個人調到邊遠的地方，儘量忘去在P市所見所聞的可怕的世界。

日子平靜的過去，但程秀紅心裡一直沒有平靜。她極力想忘記T・S・A・一群朋友，但偏是時時都要想到，有好多次夢見坐在丁元極教授屋裡，聽劉度斌，許列一群人的談話。有一次她自己還在侃侃而談，很獲得丁元極教授的稱讚，說她的思想學識進步真快；還有一次她與蘇洛明辯論，蘇洛明竟要去向特務部備案……諸如此類的夢，三天兩頭都有；有一天，同房的人說她說夢話，她很怕自己會在夢囈中透露自己的想法，所以以後她在睡前總用一塊海綿含在嘴裡。

就在這時候，她忽然在電視中看到百花齊放宮的介紹。

她第一次聽到百花齊放宮種種是在丁元極教授家裡。那是許列聽到的消息，說是政治醫學派正在建造百花齊放宮，以後在報上也聽到一點思想犯遷入百花齊放宮的消息，她似乎並沒有把它們聯想在一起。現在在電視裡看到了所介紹的P市第一所百花齊放宮，及各地正在建築百花齊放宮的情形；又聽到說明者介紹裡面的設備，與對於思想自由的崇視以及對於思想家的供奉一類的理想。她把前後的印象聯接在一起，她開始感到一種說不出的驚愕。電視中並沒有介紹已經遷入百花齊放宮的人們的生活，但是她已經想像到許列當年所推測的可怕的情形一一實現了。她心想，如果劉度斌許列那些人不自殺，一定有幾個會被安頓在百花齊放宮裡去的。

療養院的生活很少與外面接觸，但有下鄉勞動的號召，聽憑各人自願的去參加。往往是每星期一次分班下鄉，去幫助農民們做點輕便的工作，這也成了有趣的郊遊。

程秀紅自然也參加下鄉去勞動，那時候正是蠶季，農村裡需要桑葉，於是療養院的下鄉工作隊就幫助著去採桑。

程秀紅對於農村並不熟悉，所以一切覺得很新鮮。

她們為國家農場養蠶組採桑，把桑葉送去給蠶房時，碰見從S市下鄉來的一批工人。

那批工人中，她發現了一個很面熟的美麗的女孩子，她有一個橢圓形臉龐，高高的身材，健康的膚色。她很想同那個女孩子招呼，但那個女孩子，像用一種憎恨的目光看她，而當她看那個女孩子時，那個女孩子就避開了她的視線。這樣的有好幾次，程秀紅就斷定那個女孩子一定是認識她的，只是不願同她招呼罷了。

「這個女孩子是誰呢？我在哪裡碰見過她？」

「難道我在什麼整風會上批評過她，她為什麼用這個眼光看我呢？」

程秀紅想了半天想不出來，但後來在桑園中，她與那個工人隊的另一個隊員搭訕上了，才偷偷的問那個工人：

「那位同志是誰呀？我以前好像在什麼地方見過她。」

「她叫史彤！是絲織廠的工人。」

「史彤！」程秀紅想起來了，那不是在丁元極家裡碰到過的許列的情人？史彤還是以前一樣的美麗，身材健美，眉目清秀英挺，大大的眼睛含蓄著一種充滿熱情的光芒，只是頭髮改了樣；還有服裝。那天在丁元極家裡，她穿的是女性的冬季服裝，現在她則穿一件藍布襯衫，捲起了袖子，露出綜色的光潤的美麗的手臂，下身穿一條緊身的工人符，顯得身材特別動人。

程秀紅於是就笑著走過去，史彤正在一棵桑樹下採葉，她迎上去同她招呼：

「你是史彤同志嗎？我是程秀紅，你不記得我了吧。」

「啊，程同志，我記得，我們在P市丁教授那裡見過，是不？」

「是的、是的。」程秀紅說：「你什麼時候到南方來的。」

「我在文化學院訓練班期滿就南調了。」

「你們下鄉隊預備在這裡耽多久。」

「大概還有五天。」史彤一面採桑葉，一面說。

「我在王初療養院，我希望你可以分一個時間來看我，讓我們談談。我有許多事情想請教你。」

史彤忽然露出很奇怪的冷笑，看程秀紅一眼，說：

「我的文化程度低，政治覺悟又落後；而你是隨意進療養院的優秀工人，我們……」

「史同志，我來療養院是因為身體與精神崩潰的原因，我們是文化學院訓練班的同學，我們應該互相幫助。」程秀紅看看四周沒有人，於是把視線轉到地上，低聲地說：「許列的事情，我也很難過。」

「……」史彤沒有回答，但忽然停止了採桑，楞了一會，竟流下淚來。

「我瞭解你的心情，不瞞你說，我完全同你是一致的。我們都是在丁教授家裡……」

史彤忽然掀起她挺秀的眉毛，張大了她灼灼逼人的帶淚的眼睛，用沉重而堅定的語氣說：

「你去告發好了，我是愛許列的，我也一身是T‧S‧A‧的毒素。你已經出賣了他們，連我也不肯饒，你就去報功好了。你也許可以在療養院多住幾個月。」

「你怎麼有這個誤會呢？」程秀紅驚慌的拉著她的手說：「我怎麼出賣他們呢？我早就被調到S市了。你知道，我只在報上電視中知道那個批判大會的情形。」

史彤撇開程秀紅的手，抹著臉上的淚水說：

「可是，蘇洛明，他的演講，他這種推波助瀾，出賣，陷害……」史彤斷斷續續的說，說到後來又啜泣起來。

「這與我真的沒有關係，請妳相信我。現在我們沒有法子多談，明後天妳可以有假期嗎？妳來看我，我有許多話要同妳談。我在王初療養院，丙四四三一號。」

程秀紅看見遠遠有人過來，一面幫著摘幾瓣桑，一面又對史彤說句：「丙四四三一號。」

接著她就提著竹筐迎著遠遠過來的人去說話了。

二十三

程秀紅回到療養院，不知怎麼，心裡竟覺得溫暖許多。她好像是無意中會見了親人一樣。自從離開了P市以來，這許多時日她一直沒有一個朋友，現在好像又交到一位像林冰士一樣的朋友了。

第二天，她一直期待史彤會來療養院，他關照了問訊處，又關照了同房同伴，說她碰的見了P市訓練班一位同學，今天會來看她。

但是史彤這天並沒有來，程秀紅想她一定是工作太忙或無法告假。第三天早晨，她很想自己去找史彤；但又怕她出去時，史彤倒來了，所以她還是等在療養院裡。果然史彤於中午時來了。

程秀紅為她介紹了療養院裡黨組書記，說是P市訓練班裡的同學。這本不是一定的手續，但因為這個黨組書記與程秀紅很友善，程秀紅覺得為史彤介紹了，以後也許可以有許多方便。

程秀紅簡單的帶史彤參觀一下療養院，接著就帶她到花園湖後的那個僻靜所在。她們坐在梧桐樹邊草地上，程秀紅開始同史彤談到許列，她問許列是怎麼自殺的？

史彤於是說出電視與報紙的報導中，所說許列事後的自殺是不確的，許列實在是在批判大會中，當場自殺的。這真是出乎程秀紅意外了。

史彤又說到許列自殺的意旨，事前連她都不知道。史彤每天都參加批判大會。但那天許列要史彤裝病告假，大概就是不願她看到這可怕的場面。事後史彤知道，原來政治醫學研究所一派人，早就用威脅利誘佈置好那群自我懺悔的T・S・A・幾個人，另外幾個則根本與T・S・A・沒有關係，也買通了來冒充懺悔作自我坦白。他們以為這樣佈置一定都沒有問題。所以也故作公正的在主席團中安排了十二個黨國的元老充任主席團的主席。許列當時是故意偽作接受他們的條件，來充任一個自我坦白與懺悔的角色，但一到臺上就站在正義的立場向政治醫學開炮，這不但驚動了全場，也驚動了整個文化界，所以第二天的會也不再繼續開了。

史彤於是說到自己在訓練班，而許列在T市，所以並不是時常能在一起，因此沒有什麼牽連。只是事後曾經經過當局調查一次，而這還全靠訓練班黨組主任出來為她證明而澄清的。

程秀紅最後問到丁元極教授。史彤說，如果沒有許列當場自殺的事件，丁元極教授一定會被邀去接受批判。程秀紅於是問：

「如果他被批判了，他會取什麼樣的態度呢？」

「他自然會向當局暴露政治醫學的罪惡的。」

「那麼他們決不會讓他向大眾演講的。」

「也許。」史彤忽然說：「你有沒有看到他後來在國防季刊上的那篇文章？」

「沒有。」程秀紅說：「我從來沒有讀過國防季刊。他寫的是什麼文章？」

「就是關於這個批判大會的。他響亮的說明這些自殺的人是為國防請命。而就國防的落後現狀，要大家注重國防科學。他直接批評政治醫學變成統治全國知識份子的武器，說一定把人類的勞動機能生殖機能思想機能分工，是封建社會所謂勞心勞力的分工，與資本主義社會的勞資分工的餘毒的畸形的發展，說這是完全違背無產階級國家立國的精神的。接著，他就引申許列的演講與他的自殺，說這已經足夠證明這群優秀的青年決不是反動份子，也決不是帝國主義派或修正主義派。」

「我很希望可以讀到這篇文章。」

「到S市，我也許可以找到。不過不見得可以拿出來借給你。」

程秀紅聽了史彤許多話，衷心對史彤越來越敬愛，史彤似乎從程秀紅的眼光中看到這一點，所以也更坦白的說出心裡的話。

程秀紅於是同她談到劉度斌的情人林冰士，她從頸項中拿出銀質的鏈子，給史彤看雞心裡的照片，她說出林冰士是她最好的朋友。

史彤當時很感動。她說她想得起林冰士這個人，但可惜沒有什麼交往，她與許列相愛雖也有八九個月時間，但許列從來不帶她會見T・S・A・那些朋友，也從不同她談到這些政治問題。也許許列起初對史彤不能完全信任，所以不給她知道這些。碰見程秀紅那天，是她第一次到丁元極教授家去，也是第一次會到T・S・A・那群朋友。但是史彤從許列那裡知道劉度斌，是一個很有抱負和極其聰明的青年。

史彤後來忽然說到國防部與特務部的對立是很久的事情，後來越來越尖銳化。她又說，全國的任何機構，幾乎都有這兩派之分。譬如她所在的S市第二絲織廠，就是國防部的勢力。而這個王初療養院，則是特務部政治醫學的勢力。

程秀紅想不到史彤在這方面，有這許多她所沒有的知識。她於是問史彤關於自己所屬的S市第三紗廠。史彤說，這倒不知道，不過大部分的紗廠是國防部的勢力範圍，可是裡面自然都有特務部的人滲透著。一個機關的派系，主要最是黨支部書記與廠長。技術方面負責人是廠長，人事方面往往是黨組書記。可是技術人員又必須廠長來管理，所以黨支書記有時雖可控制廠長，但能幹的廠長往往會蒙蔽黨支書記。其中廠長大部分是國防部的系統，黨支書記往往是特務部的系統，但也並不完全如此。史彤說她們廠裡兩個都是國防部一派的人。

兩個人談到黃昏時候，史彤要回去，程秀紅要史彤吃了飯再走。但是史彤說他的假期只有半天，晚上要開會，明天一早就要回S市去，程秀紅只得送她到外面公共汽車站。程秀紅同她約定一回到了S市就去看她。程秀紅望著史彤的車子開後。才回到療養院，那已是快吃晚飯的時候了。

自從那晚起，程秀紅時時都想到史彤告訴她的種種。她從史彤所說的話中，知道國防部與特務部兩派的鬥爭並不是已經結束。文化學院的批判只是很小的一環。程秀紅始終不知道這是全國性的東西。她原來所信仰的黨，卻一直是分裂的，不是統一的。既然是分裂的，作為真正的無產階級的黨員，似必須選擇一個正確的立場才對。

程秀紅本來想在出了療養院後申請到邊遠的地區去，這原是為逃避這可怕的現實。現在則覺得她應該在S市找一個屬於國防部系統的機構中工作，團結志同道合的人，對特務派反擊，可以把國家與黨從可怕的魔掌中救出來，不至於淪亡。她還想到，她應該把這一切告訴蘇洛明，把蘇洛明爭取過來。

這樣一想，程秀紅覺得精神已有了寄託，她對世事馬上有了新的興趣。她現在對每一個人都想知道他們屬於兩派中的哪一派。但她馬上又想到大多數人也一定同她一樣，根本不知道有兩派的存在。只有那些比較高級的幹部，一定都是有所屬的。療養院中有不少高級的同志，程秀紅本來不願多與她們接觸，現在則時時找機會同她們談談，但她馬上發現她無法能夠像接近史彤一樣的去接近他們。程秀紅自己固然不敢暴露自己的態度，別人自然也不會暴露什麼立場。於是她想到了蘇洛明，他是本來屬於特務部一派呢？還是臨時被迫而站過去的呢？如果他本來是特務部一派的人，她覺得她只有同他分手。如果是臨時被迫的，他可能也從來不知道有這樣兩派勢力的存在，她就應那該徹底的同他談一談，他也很可能會覺悟過來，可以同自己站在一邊……

她又想到，蘇洛明很可能本身是同情T・S・A・的，因為自己逃進人工生育，才不得不投入對方的陣營裡。

這樣一想，程秀紅對原來厭棄的蘇洛明也有了新的同情與原諒。他當時就很希望蘇洛明能夠早來H市，把他同自己的關係澄清一下。於是她寫了一封信給蘇洛明。

信內問蘇洛明什麼時候來H市，她希望他能夠多耽一二天。她說她於療養期滿，是否要申請到邊遠地區工作，等他來H市商量後再決定。她寫好信，自己知道信中的語氣同以前很有點不同了。

日子一天一天的過去，程秀紅對於療養院的生活慢慢的很能適應了。她雖不能交到一個新的朋友，但發現這些來自各地的人，也很有不同的趣味。她也很高興參加農村的勞動，她由此可以看到許多新的東西。在療養院裡，她就到圖書館裡找些書看，她常常帶一本書，一個人到那湖後梧桐樹下去讀。

天氣已經是初夏，梧桐樹上蟬聲噪切，草地上滿目是紅花白花，蝴蝶與蜻蜓到處飛翔。程秀紅覺得每天能在這環境下看書，是一件幸福的事，但她馬上想到這也正是小資產階級的一種享受。無產階級國家的集體主義，正是為防止這種小資產階級意識的生長。所以她自己也必須特別警惕才好。

程秀紅是一個都市裡生長的工人，從小時候起，讀書做工都是在集團之中。一直到了與蘇洛明交遊，才知道有自己個別的生活。以後在文化學院，以及結婚後的短時期中，才慢慢發現一個人有時是多麼需要孤獨。而這是在回到S市第三紗廠後很難得的一種享受。現在，她在療養院的花園裡竟每天可以來過這單獨的生活。有時候，她停止閱讀，望著浩渺的碧藍的天，與遠處青翠的山，有時候偶然注意到飛到身邊的蝴蝶，新開的一朵花，以及在樹幹上忙碌的螞蟻，她心中有一種很特別的感觸。她在這國家、這黨、這世界以外，還需要什麼，需要一種她自己都不知道的東西。這是一種新的空虛。程秀紅意識這是小資產階級知識階級的空虛，而她這個地道的無產階級，為什麼有這種空虛呢？

她開始想到所謂要在勞動中改造自己的話。勞動對於一個工人的她是熟識的。她以前生活在集團之中，除了勞動外不幹什麼也不想什麼，這生活是快活的；但現在這種快活已經是一去不返。她到農村去勞動，一面勞動，一面就會想到許多事情。她想到史彤，她想到林冰士，她想到丁元極教授，她想到許列，她想到文化學院的批判大會，想到第十四醫院這些產婦，她想到各種的人各種的事……她似乎永遠有一種新知識新思想的要求，也永遠有一種新朋友與新生活的需要。

就在這時候，她認識了李絳霞。

那是一天下午，她到園中湖後的地方去。

在程秀紅快走到湖濱的地方，遠遠的看到梧桐樹下坐著一個女孩子。她穿著護士的制服，一個人……程秀紅以為她是在讀書，可能是在預備考試，不敢去驚動她，輕輕的走過去。忽然，程秀紅發現那個女孩子是在啜泣。程秀紅怕她不好意思，故意咳了一聲，才走過去。那個女孩子看見有人來了，馬上用手帕抹抹眼淚，站起來就走。但是程秀紅馬上追過去，叫住了她。她很害羞，也有點害怕似的，勉強笑笑的同程秀紅招呼了一下。

程秀紅看她不過是十六七歲，長得嬌小玲瓏，皮膚細緻白皙，眉目清秀，鼻子稍扁，嘴唇稍薄。程秀紅馬上想到了林冰士。程秀紅笑著用手圍著她身上，低聲地說：

「怎麼？什麼事不開心，一個人在哭。」

「我沒有哭。」她羞澀地說。

「不用騙我，我不會對人說的。」程秀紅說：「有什麼困難，也許我可以幫助你。」

這一說，對方一句話沒有。忽然她兩手蒙著面竟真正啜泣起來。程秀紅於是指指剛才她坐過的草地說：

「這裡坐一回吧！」

那位護士果然坐了下去，程秀紅當時就坐在她的旁邊：

「你叫什麼名字？」

「李絳霞。」

「絳霞？」

「絳色的絳，雲霞的霞。」

「現在你告訴我，究竟怎麼回事？他們檢討你嗎？」

李絳霞搖搖頭。

「他們要分派我到北方去工作。」

「為什麼？」

「北方？也是醫院裡？」程秀紅說：「那不是一樣嗎？」

「可是我認識的人都在這裡，我一直在這長大，我的家，我的同學們，都在這裡。那邊一個熟人都沒有。」

程秀紅本來想要說她還脫離不了封建意識，但突然中止。笑了一笑說：

「你到那邊，正可以玩玩，看看新的地方。」

「他們要我去三年。」

「規定三年？」

「說是幾個月訓練，以後至少要做三年。」

「這是什麼地方？」

「說是百花齊放宮，地方在一個山上，風景非常好。」

「百花齊放宮？」

「你知道？」

「我不知道，不過我聽說過。」程秀紅說：「你知道，我是從P市派到S市的。這裡出去，也許還要回P市去。如果我在P市，你就把我的家當作你自己的家好了。我也正可以做你的姐姐。」

「謝謝你。你是S市來的，是不？」

「我叫程秀紅。我現在在S市，但是我的丈夫在P市。」

「你在這裡要住多久？」

「我原獲准三個月，現在已經住了一個多月。你在哪一個部門？我怎麼一直沒有看見過你？」

「我在A座三樓。」李絳霞說。

「你們一共有幾個要分發到北方去？」

「大概有二十二個。」

「你都認識？」

「認識，但都不是很熟的朋友。他們有的是北方人，所以志願請調去的。」

「我想你不用怕。以你的美麗、聰明，到哪裡都可以有許多朋友的，我現在就算是你第一個在P市的朋友，好嗎？」

「謝謝你，程同志。」

「你叫我名字好了，以後我也叫你名字。」程秀紅一面說著，一面望著李絳霞，越看越覺她有點像林冰士。除了鼻樑扁平與林冰士不相同以外，眉眼與臉孔輪廓都很像。她就說：「我以前有一個很好的朋友很像你。」

「她現在在哪裡？」

「她已經死了。因為組織要她嫁一個她所不愛的人，她抑鬱地生病死了。」程秀紅想了想，慢慢地說。

李絳霞聽了搖搖頭，沒有說什麼。這時候她看看錶，匆匆站起來說：

「我要上班了，明天見。」

「明天妳什麼時候下班，我們再在這裡談談好嗎？」

「明天，明天我在晚飯以後才有空。」李絳霞一面拍拍衣裳說。

「那麼我們就在晚飯後到這裡見面，好嗎？」

「好，好。」

「不要告訴別人。」

「不會的。」李絳霞笑了笑，飛也似的跑了。

程秀紅望著他飛跑遠去的背影，覺得她真像林冰士，但是程秀紅發覺她比林冰士活潑愉快與年輕。她是多麼可愛的一個少女。

程秀紅發現李絳霞，真像她發現湖後那一塊梧桐樹下清靜的草地，她馬上就愛上了李絳霞。以後兩個人就常常在一起，越是同李絳霞在一起，她就越覺得李絳霞像林冰士，這使她也常常想到林冰士。

她常常在夢裡看到林冰士，有時候很模糊。有一天晚上，她又夢見了林冰士，好像在P市第十四醫院的園中，林冰士仰著頭笑笑的對程秀紅說：

「你看我鼻子，是不是像我母親。」

「我又沒有見過你母親。」程秀紅說。

「你還沒有去看我母親？」

程秀紅一覺醒來，忽然想到林冰士曾經在遺書裡要她去看她母親。現在她在H市，H市是C省的省會，離F縣不過幾小時公共汽車的路程，而她竟忘了去看林冰士的母親，她自己覺得很慚愧。程秀紅是唯物論者，並不相信鬼神，但林冰士的夢確實很微妙，可能是自己的下意識作用。

第二天，程秀紅把這個夢告訴李絳霞，順便說她想在一二天後去F縣看林冰士的母親。不意李絳霞聽了林冰士這個名字忽然跳起來說：

「林冰士，你是說林冰士是你的那位好朋友？」

「是呀。」

「她是我的表姐，是我姑媽的女兒。」

「啊，是你的表姐，怪不得你們這麼像。」

「但是，妳為什麼說她是因為組織要她嫁一個不願嫁的人，抑鬱生病死的呢？」

「妳知道她怎麼死的？」

「聽說她不服從黨的命令，畏罪自殺的。」

「也可能這麼說。」程秀紅於是告訴李絳霞說：「林冰士與劉度斌相愛，但是黨派她去接受人工生育，她很痛苦，就服安眠藥自殺了。」程秀紅並沒有告訴她裡面的一種政治報復的陰謀，也沒有告訴她自己也正是同時被徵召的一員。

「我們都不清楚，也因為林冰士去P市而死在那裡，所以我母親同我姑媽都不喜歡我去北方。」

「你母親在這裡？」

「她同姑媽都在F縣的人民公社裡。」

「那麼妳可以同我一起去那裡一趟了？」

「這先要告假，還要請同事替班。很麻煩，妳還是一個人去好了。」

「我替妳去告假，我只說我要看的人是妳的姑媽，妳路熟，所以我想請妳陪我去。」

「妳同誰去給我告假。」

「自然同黨組主任，我想她會答應的。」

「也好，不過妳不要說已經同我談過了。」

「我知道，我知道。」程秀紅說。

李絳霞望著程秀紅說：

「真想不到，妳是表姐的好朋友。」

「啊，我給妳看。」程秀紅從頸項上拿出那條銀鏈，她打開雞心給李絳霞看，一面說：「這是妳姑媽給妳表姐的。她於死後送了給我。反面就是妳姑媽的照片。」

李絳霞看了她姑媽的照片，又對林冰士的照片看了好一會，忽然眼睛裡濕漉漉的，一面說：「我表姐真是很好看，是不？」

「妳們倆真是很像。」

「她比我要好看。」
那是黃昏，天氣陰沉沉的很熱悶，忽然天邊閃起電閃，遠遠傳來隆隆的雷聲。程秀紅說：
「快下雨了，我們進去吧。」

二十四

程秀紅為李絳霞告了假，第三天上午，兩個人買了一些禮物一起去F縣。她們要搭三個鐘頭的公路車，所以她們打算在那公社裡住一晚。

天氣已經是夏天了，滿野禾稻碧綠，遠山青翠，樹林間有蟬聲噪切。有些地方水車轆轆，三四農民在看守機輪。村莊中人來人往，似乎與城市中的人有些不同。他們穿著整齊的制服，好奇地望著公路車子過去。

程秀紅與李絳霞到了F縣，李絳霞知道還有兩站就可到第二人民公社。下了車以後，李絳霞就帶程秀紅到了第二公社她的母親那裡。再由李絳霞介紹給林冰士的母親。林冰士的母親叫李申蓉，是一個五十幾歲的矮小結實的女人，同林冰士的纖秀並不相同，只是眉目臉型很相像。她聽了是林冰士在P市的好朋友，特別親熱，談到林冰士，看到程秀紅胸懷中拿出的銀鏈，不禁啜泣起來。她問了許多關於林冰士在P市的情形，程秀紅覺得無法把那些劉度斌與林冰士相愛種種事情對她講，只能告訴她當時一般生活情形，並且勸她不要多傷心。

談了一會以後，李絳霞帶程秀紅到公社黨組去登記，這是任何外來的人必須的手續。但程秀紅帶有療養院黨組主任的信，社黨組主任知道程秀紅是療養院來的，因為能夠到療養院休息的多是重要的人物，所以對程秀紅特別招待，帶她到第二公社各處看看。

她很想知道公社裡的思想學習檢討開會種種情形，但公社黨組主任告訴她，這些都是二十世紀小說裡的故事。現在人民公社裡學習檢討開會，都是屬於生產技術改進的問題。黨的政策是希望農民專心於生產，任何思想都是妨礙與擾亂生產的。所以這裡不需要農民知道任何國家與黨的問題，不供應報章刊物，只有公告。農民是簡單的生產人力，除了給他們吃飽與單純的一些娛樂外。不需要任何的思想與知識。

工人則不同，所以黨要他們認識政治，黨要教育他們成為幹部。因為無產階級主義的理論，無產階級就是工人。農民是落後分子，所以就聽憑他過著原始簡樸落後愉快的生活就最好。

程秀紅對這種理論，一直沒有聽見過，因此她就想多知道一點關於農村的情形，她就同黨組主任談了好一回。

黨組主任姓毛，是一個年近六十的老幹部，他對於農村的情形很熟。他說，前一世紀以來，歷來無產階級的革命對於農村問題一直沒有解決。因為他們總是要把農民工人化。二十一世紀，無產階級國家才把農民問題徹底解決，那就是農民就是農民。他應該與政治學術文化完全不發生關係。每一個公社由幾個幹部來領導。農民的教育只限於看得懂公報，知識只限於基本的農田一點耕種知識。

他們不用看報，他們不用讀書。他們的電臺與電視只限於一定的節目，他們所看的電影也限於一定的題材。他們的生活質樸單純，從生到死就在公社的範圍裡活動，與任何世界都不發生關係。如果外面世界有什麼大事影響了他們的生活，在他們只覺得這同天時變化一樣的，不是他們所控制的。

程秀紅本來想知道所謂農村與公社到底是屬於國防部派還是特務部派，現在則看到農民只是一些機器，開機器是公社黨組主任與幾個幹部。可是這些幹部，像姓毛的這樣，也毫無這些派系的意識。他們自己也不用看報，也不用聽農村以外的消息。她偶而提到文化學院大批判的事件，姓毛的似乎聽都沒有聽見過。

程秀紅於是想到農民的世界已經是另外一種生物世界。但自己反省一下，工人的世界也何嘗不是另外一種生物的世界。這兩種生物不會碰頭，除了偶而有工人下鄉團一類工人與農民會有一點短期的接觸。他們也許都很快樂。程秀紅想如果她一直沒有機會進過文化學院，她怎麼會有這許多煩惱的知識。

事實上，在二十一世紀無產階級國家這個機構中，古代的階級制度加上工業社會的分工制度再加政治醫學的把人的能力分割理論；人已經都是機器，也許只有頂峰的領導階層的人是整個的人。

程秀紅的苦惱是由工人而認識了蘇洛明，由認識了蘇洛明而進了文化學院而結交了T·S·A·一群朋友，由結交了T·S·A·一群人而聽到新奇的理論，看到了新奇的書。

她已經失去了單純的工人生活的快樂。她曾想重新回到工人生活，但已經完全不可能。她已經聽不慣每天早晨廣播中的呼聲，她已經不能信任黨與政府的各種號召。現在她到了農村，她發現農民生活倒是聽不到任何勞動以外的號召，是一種純屬於生物「本能」的生活。他們沒有任何的超於本能以外的欲望，沒有任何的理想，沒有生物以上的要求。因此，雖是勞苦，也是清靜的生活。

她與姓毛的參觀了公社的田畝，接觸了一些農民以後，她覺悟到農民竟像是一群牛。她知道在軍隊沒有專門化以前，農民都是兵士。現在軍隊已經專門化，幾十年來，世界三大國家的對峙中，除了原子戰爭以外，皆不會有任何小規模戰爭。農民已經只是農民，他們是釘在田上的一種生物。這種生物，雖是勞動的生物但有生殖的自由。比十四醫院的專為生殖的——雖然是暫時的——生物至少多一點「人」的意味，雖是生殖下來的只是永遠是這樣的農民而已。於是她反想到了所謂百花齊放宮那種專事思想的生物，這則是更遠離所謂「生物」的意義。專事生殖的母親，任務還是暫時的，而專事思想的人們，任務則是永久的，而是可怕的永久。

程秀紅與李絳霞在田野間走了許久，感觸很多，最後她與姓毛的告別。回到李絳霞的姑媽與母親那裡去。

程秀紅開始知道農民的子女們能夠被黨選拔去做藝徒或護士，都是光榮的事情。

她看到李絳霞同她母親與姑媽等歡敘的融洽的情形，覺得李絳霞索興做公社的農民，一起活在公社裡豈不是更快活些？她問李絳霞既不願去遠處，是否可以回到農村來。但是李絳霞說這是絕對不可能的事，她已經被訓練成護士，是一個專門人才，怎麼還可以再做農民。

李絳霞的母親因林冰士到P市這樣死去，很不放心李絳霞遠去，但是程秀紅向地解釋說林冰士的死是一種意外的事情，年輕人應該讓她看看更大的世界。最後說自己也許會調到P市，長住在那邊，她可以照拂李絳霞。李絳霞的母親同姑媽聽說程秀紅會調到P市，心裡比較放心。他們把程秀紅看作很特殊的一個人物，好像她是對什麼都會有辦法似的。

程秀紅與李絳霞在那裡住了一晚。她們睡在一個床上，程秀紅時時意識到她就是林冰士。第二天，她們一早就搭車回到療養院。

程秀紅現在又多了一個朋友。

李絳霞因為程秀紅的鼓勵，又聽到P市種種新鮮偉大可看的風光，她已經不再怕被調去，唯一希望是程秀紅也真的會回到P市，那麼她就可以有一個依靠了。

就在這時候，蘇洛明到了H市，住在一個高級幹部的一個招待所裡。他打電話給程秀紅。程秀紅去看他。程秀紅到的時候，看到蘇洛明等在外面。

程秀紅與蘇洛明分別日子不多，但兩個人都覺得隔了許久似的。程秀紅覺得蘇洛明並沒有什麼變化，只是瘦了些。蘇洛明則覺得程秀紅成熟了許多，她的態度像是非常疲倦與冷靜。沒有談幾句敘別的話，程秀紅就說：

「我在電視裡面看到你的演講。」

「我們到裡面去吧！」蘇洛明一面挽著她的腰，一面說：「今天不要談T•S•A•一批人的事，裡面又不甚方便。」

他們穿過甬道，到了裡面。裡面是一個寬大的廳，廳上有許多沙發與陳設，三三兩兩的人在談話。

穿過大廳，走進電梯，到了七樓，蘇洛明帶程秀紅到了他的房內。

蘇洛明吻程秀紅，訴說他一直在想念她的心情。

程秀紅有一種與前不同的感覺。

蘇洛明抱她到床上，她沒有拒絕。

他脫去她的衣服，她沒有反應。

她投入他的懷抱，突然啜泣起來。

「妳不愛我了。」蘇洛明問。

「我不知道。」

「妳是不是愛了別人？」

「也許是的，我愛上了史彤，她是許列的情人；我愛上了李絳霞，她是林冰士的表妹。」

「這是變態的……變態……」

「不是那麼簡單，我一樣的愛著你。但是……」

「我知道，我知道……」蘇洛明說。

程秀紅又啜泣起來。

「我知道，我知道，妳一直當我是個英雄，一個可以領導妳的上級，一個可以向妳解答一切難題的理論家……現在妳，妳覺得……」

「我不是這個意思。」程秀紅道。

「我不是英雄，我只是一個黨員，我們信任黨，服從黨。而且我知道怎樣才可以使我們在黨的領導下過著幸福的生活。」

程秀紅沒有說什麼。

「要是我沒有黨的照顧，我早就沒有了妳，妳也不可能平安而健康，不可能到療養院休養……」

程秀紅點點頭，又流下淚來。

她沒有拒絕他對她性的要求。

她沒有法子不愛他，但是他覺得這已經不是她以前對他的愛了。

他們在一起吃中飯，飯後他要去開會。她回到療養院去，約好了散會後再去接她。

蘇洛明到療養院時，先拜會療養院的黨組主任。以後約略參觀了一下療養院，他才同程秀紅一起出來。程秀紅帶他到湖後那塊清靜的草地。她說：

「這裡沒有人，沒有牆，沒有答錄機，我要告訴你一句話。」

「是關於……」

「關於你告訴我的，國防部與特務部兩派的鬥爭。」

「我們無法管這些事情。」

「但是你參加了政治醫學批判T・S・A・……」

「妳不知道這是沒有辦法的事情？妳難道不記得妳是怎曆逃避人工生育的？」

「那已是過去的事情。」

「完全過去了。」蘇洛明說：「許多人都已經自殺……」

「但是他們，尤其是許列的自殺，已經影響到整個文化界。以後，這個鬥爭也許會繼續下去，那時候，我們……」

「我們，我們必須避免這一切的漩渦。我是一個技術人員，一個黨員，我們只好信任黨。」

「但是，黨是人在代表。」

「可是人的醞釀結果還是形成了黨。」

「說實話，你是不是知道國防部方面還有反攻的日子？」

「可能的，但只在帝國主義與修正主義戰爭爆發，或國際情形特別緊張的時候。」

「那麼你是說，我們就這樣跟著他們走了？」

「妳上次說要到邊遠的地方去工作，這是對的。但是他們要我在P市。我這次是短時期的考察，我的工作幾年內都會在文化學院內。妳如果不願去我那裡，我也不勉強妳。你如果願意在S市工作，我們可以半個月會見一次。」

「你喜歡我怎麼樣？」

「我喜歡妳跟我去P市，但是妳必須好好適應新環境。妳已經沒有妳的朋友，妳也許天天要見到殺妳朋友的仇人，妳是一個單純的工人，妳應該一直做個單純的工人才對。現在妳已經不是單純的工人了，而妳偏不懂做人，不懂如何去做個好黨員。」

程秀紅聽蘇洛明一講，她已經沒有話說，她覺得蘇洛明是對的，但是她不能信服，她不再說什麼。挽著蘇洛明的手臂，走了出來。

蘇洛明帶她在外面吃飯，飯後一同回招待所，第二天程秀紅陪蘇洛明到機場，一直到飛機起飛後才回療養院。

程秀紅覺得蘇洛明是愛她的。他沒有要他一定照他的意志去生活，她可以很多選擇，但是他要她相信黨，依賴黨，什麼都不要深究，好好的做個工人。

「那麼我為什麼不去做一個農民呢？這不是更單純？」她想。蘇洛明臨走時同她約定，她於出療養院後回P市一趟，那時候蘇洛明自然早已回去，程秀紅可以在那裡住一陣，再決定申請到那裡去工作。

程秀紅答應了他，她想到那時候也正可以等李絳霞調到那裡去。

程秀紅自從在電視中看到蘇洛明的演講後，她輕視蘇洛明，自從史彤那裡看到她對蘇洛明的氣恨的態度以後，她更鄙視蘇洛明。這次她幾乎是以敵視的態度去會晤蘇洛明的，但是經過了蘇洛明對她的愛護與說明，她好像已經完全被折服了。她覺得蘇洛明是唯一愛她的人，也是唯一可以與其爭論的人，也是唯一可以保護她的人。她想到她之所以能從S市紗廠去文化學院訓練班是蘇洛明的力量，她之能從第十四醫院裡避免人工生育也是蘇洛明的關係，她之所以能被調到S市，而不牽涉於這次文化學院大批判也是蘇洛明對她的愛護，而她之能夠到療養院享受三個月，也正是蘇洛明的影響。她知道她不能沒有蘇洛明，她似乎不能不愛他。程秀紅也想到T・S・A・那批朋友，她同情他們。蘇洛明的演講雖是對他們取敵對的態度，但是他們的失敗並不是因為蘇洛明這篇演講。這樣一想，她的良心似乎已完全平靜了。

程秀紅與史彤雖有通信，但都是非常簡單。程秀紅曾經談到蘇洛明要來H市，現在蘇洛明已經來過。程秀紅給史彤的信也提到。但是她在信裡加了一句，說自己雖是徹頭徹尾一個工人，但有時竟也不免有小資產階級的溫情主義。她告訴史彤，她到F縣的第二人民公社去過，學習到不少東西，她希望有機會再去一次，多體驗一點生活，到S市再同她面談。

大概在二十天後，那時她的假期將滿打算回S市之前，她又同李絳霞到一次F縣第二人民公社，買了一些禮物送給林冰士與李絳霞的母親，並且向他們辭行。李絳霞與程秀紅也將分別，她們不知什麼時候才能見面。李絳霞已定九月裡去P市。程秀紅希望那時候也可以回到P市去。

她們在那裡住了一晚，程秀紅與一些農民們談談。她覺得他們除了種地以外，幾乎什麼都沒有聽見過。比方說，人類早已到了月球的事實，人類有幾千年的歷史等等，他們都沒有聽說過。他們也不知道人民公社以外的世界，他們知道工人階級，但除了說工人們是製造工具的人們外，就不知道他們是怎麼生活的。他們所見所聞所走的沒有出二三十里的範圍。他們沒有任何事情同世界直接交往，一切都要通過黨組，通過公報。雖然城市的工人偶而有到農村來，但農民們是絕對不可能去城市的。他們簡樸單純無知，沒有思想，沒有欲望，沒有想像。

程秀紅與李絳霞於第二天回療養院。隔了四天，程秀紅就回S市第三紗廠。

回到S市，程秀紅唯一想看的朋友說是史彤。

史彤不但美麗活潑聰明，而且文化水準高；越同史彤接近，程秀紅越覺得史彤可敬愛。

史彤也把國防季刊上丁元極教授的一篇文章給程秀紅看。程秀紅很奇怪丁元極會如此大膽而勇敢的寫這種露骨的文章。是不是國防部真有力量支持他？但為什麼國防部對於T・S・A・那群青年學者們一點也不能保護？程秀紅把這些疑問請史彤解答，史彤說：

「政治醫學派這次對T・S・A・的清算，我們猜想是得頂峰同意的。國防部這許多人的調動，自然是頂峰執行的。這也所以使丁元極教授光明磊落為T・S・A・一批人申冤，這顯然是給頂峰看的。如果頂峰同情丁元極教授的文章，那麼也許會改變整個國策的。」

「如果頂峰不同情他呢？」

「那麼，我想他大概也是預備自殺的。」

「這是孤注一擲的辦法。」

「這可說是死諫。」史彤說。

「那麼這篇文章發表後，有什麼反應嗎？」

「還不知道。」

「不是已經好幾個月了嗎？」
「是的。」
「那麼政治醫學派有什麼反駁的文章嗎？」
「也沒有。」史彤說：「我看這文章一定會到我們領導手裡的。他也許要經過調查才能夠有決定吧？」
「為什麼不能由黨內公開來討論呢？」程秀紅又問。
「這是領導才能決定的事情，只有領導交下來叫黨來公開討論的，黨才能公開討論，這是一種程式。」
「那麼？……」程秀紅覺得照這個程式，黨的公開討論的話還有什麼意義呢？
「如果從底層的黨組織來討論，自然國防部派會勝利；但是現在要領導來決定，我們就無從知道。過去許多文章，也許領導根本沒有看到；現在丁元極教授來寫在國防季刊上發表，我想也許可以影響一點領導的態度。」
程秀紅對史彤的話，並不能十分相信，但覺得除此以外，也很難有別的解釋。
「丁元極教授真的也預備自殺嗎？」程秀紅感慨的自語。
「你同他很熟？」
「他教導了我很多，雖然我沒有資格做他的學生。」
史彤與程秀紅這樣的談話，以後變成每次見面是很自然的事情。程秀紅發覺除了與史彤以外，她再無機會也再無人可以談談這些問題了。

程秀紅不常接到李絳霞的信。

在九月二十日，程秀紅收到李絳霞從P市寫來的第一封信，信寫得很簡單，說她們二十二個人已經到了P市，明天一早就要到百花齊放宮去報到。她希望程秀紅會很快到P市，她於週末可以有點依靠。但從這以後，程秀紅寫了幾封信去，都沒有回信。十月初，李絳霞才來一封簡單的信，說她在那面生活比較習慣，因為工作很忙，所以沒有寫信給程秀紅。

程秀紅一方面很想念李絳霞，另一方面則接到蘇洛明已回到P市的信，說他已經為程秀紅申請回P市，要她請廠方寄一張報告書去。如果獲得批准，他們又可以在一起了。他說，如果將來程秀紅仍想到邊遠地區去服務，在P市申請也反而簡單些。

程秀紅接到這封信後，就同史彤商量。史彤認為程秀紅先去P城是對的，她自己有機會也想去那邊看看丁元極。說到想去邊遠的地方工作，誠如蘇洛明所說，到P城隨時都可以去申請。程秀紅於是就她請廠方寫了報告書，航郵寄給蘇洛明。這樣，五天後，她接到了廠方的通知，她的申請書已經獲准，規定她於兩星期內去報到。

這個消息告訴史彤，史彤一面為程秀紅高興，一面也對於兩個人要分別有點傷感。

但是一星期以後，正是程秀紅快要動身的前幾天，史彤忽然打電話給她，約她在公園裡會面，說有要緊事情同她談。

程秀紅不知道到底是什麼事，到了公園裡，見到在等她的史彤，面上顯出非常焦急與悲痛的表情。

「什麼事？有什麼……」

「丁元極教授……」

「怎麼，他自殺了？」程秀紅緊張的問。

「他被供奉為思想家，聽說已經進百花齊放宮了！」

「進百花齊放宮？」程秀紅一時竟想不到所謂百花齊放宮是什麼？

「你知道這是什麼意義嗎？」·

這時候程秀紅才恍然大悟。一個人一進百花齊放宮，他的勞動機能與生殖機能就要完全被揚棄了。

她馬上問：

「他已經被送進去了？」

「是的。」

「那麼他已經……？」

「他已經沒有腿，沒有生殖機能，也可說沒有一切，而只剩了一個『思想機能』了。」

「那麼……你從那裡曉得的？這消息一定可靠嗎？」

「這是昨天一個從P市來的人告訴我們的，是決不會錯的事情。」

程秀紅楞了一回，再也想不出什麼話要說，她回想丁元極教授的慈祥而又嚴正的風度，她的眼淚禁不住就像湧泉般的流下來了。

史彤這時候也什麼話都沒有，只是相對唏噓著。

兩個人哭了好一會，才不約而同的拉了對方的手說：

「那怎麼辦呢？」

「怎麼辦呢？」程秀紅振作一下又說。

「我要到百花齊放宮去看丁教授。」

「妳？他們怎麼會讓妳進去！」程秀紅說。

「我想……」

「史彤，妳與丁元極教授並沒有什麼交往，怎麼竟會這樣的感動與悲憤呢？是不是就因為許列是他的學生？」

「是的，但是更深的理由則是許列怕丁元極教授直言闖禍，所以就先挺身把丁教授要說的話說了。他以為他在會場上自殺，發表了這樣的演講，就可以代替丁教授的發言了。他覺得只要丁教授不去向他們當面挑戰，他們是無法陷害丁教授的。這是事後許列的一位朋友告訴我的。丁教授是他們最敬愛的人，所以他們都願犧牲自己去救他。在許列死後，那位朋友告訴我這些以後，曾經帶我去看過一次丁教授，丁教授對許列的死比我還傷心。他一再同我說，任何他可以幫我忙的事情他都願意去做……現在他自己還是被人害了！」

「奇怪他為什麼不自殺？我想自殺也許比現在這樣好些。」

「也許他們連自殺的機會都沒有給他。」

「他會不會自己不想自殺，而還想保持他的思想機能，努力於他哲學的或社會學的研究呢？」

「所以我想到那裡去看他，看他一次。」

「怎樣去看他呢？我想那裡不會允許外客去訪問的。」

「那麼這可以設法買通一個工人或者護士，或者喬裝工人、護士混進去看他。」史彤說。

程秀紅因史彤提到了護士，她突然想起李絳霞來。李絳霞不正是到百花齊放宮去做護士了嗎？

程秀紅於是向史彤提到李絳霞。她說她到P市後一定可以同她聯絡，問問裡面的情形，再設法怎麼混進去，但程秀紅不知史彤怎麼能申請調到P市去，大概什麼時候可以去？史彤很冷靜的回答：

「妳先去，我會跟著來的。年底我有一些假期，那時我們有一個旅行團到P市去旅行，我會參加這個旅行團到P市，到了那裡，我再申請多待一個時期，大概不會成問題的。」程秀紅想到史彤曾經告訴過她關於她們第二絲織廠的勢力是國防部系統，大概他們是會支持史彤去P市的。她也就開始放心。她約史彤於動身前早點告訴她。她到P市後，一定先同李絳霞聯絡，打聽一點百花齊放宮裡面的情形了。

這樣約定了，程秀紅在十天後就飛往P市。

二十五

百花齊放宮是供養所謂思想勞動者的宮殿。

但這裡思想勞動者這個名字是廣義的，舉凡科學家、藝術家、音樂家，凡是牽涉思想與意識的學術與藝術的人們，他們都稱之為思想勞動者。

住在那裡的人們，大部分是以前被稱為思想犯的囚禁在小島上的人物，但這並不是直接從集中營搬來的，而是經過醫院由政治醫學處理後再移居過來的。所謂處理，就是揚棄他們的生殖機能與勞動機能。因此來到這裡的人們，第一是受過宮刑，第二是沒有兩腿，第三是有的解除了左臂，有的毀削了一個耳朵。

這些思想勞動者在百花齊放宮裡，是以上等的物質享受來供養的。他們有談話討論閱讀寫作一切的自由，百花齊放宮鼓勵這些思想勞動者從事著述、寫作、研究、創作，不願自己動筆寫的人也可以用答錄機口述。他們也有自由要求看任何書籍，聽任何唱片。在百花齊放宮中，有電影院、咖啡館、酒吧一切的設備，是專供那些思想勞動者自由去享受的。但是他們只能活在殘廢椅上，而他們的殘廢椅並沒有電動的設備，而是必須由護士或服務員來推移。這些護士與服務員都是專職的，每一個思想勞動者都有一個專任的護士與一個專任的服務員為他服務。這雖然不是醫院，但因為思想勞動者都經過政治醫學的處理，而許多思想勞動者都是年老體弱的人，所以裡面也住有多名政治醫師照料他們生理上的痛苦與困難。而每個月對他們都有一次檢查。

當這些思想勞動者初初集中在百花齊放宮裡，他們每人都收到一份關於百花齊放宮的宗旨計畫與用意的說明。說明他們光榮的地位與黨國對他們的崇視與期望，要他們儘量自由的發揮自已的信念。他們有權利批評或攻擊黨與領導的一切措施，有權利說他們任何想說的話，建立任何的學說，創立任何的理論。黨之所以建立百花齊放宮，就是要百花齊放，百家爭鳴，言者有功，聽者有益。

在那本小冊子以外，夾在小冊子裡面還有一封信。這封信是由黨中央出面的，說明國家社會經濟的發展與科學的發達，黨的政策也就要同時改變。無產階級國家為求藝術、學術與思想的進步，第一要藝術學術與思想不被政治所牽累，第二要文化工作者能專心於文化工作起見，特別成立百花齊放宮。因此一方面他們要摘去思想犯的帽子，解除他們思想上的束縛，讓他們成為獨立的思想家、科學家或藝術家。黨很感謝他們真正為愛好真理與美與自由而奮鬥，所以也為他們解除了勞動機能與生殖機能，使他們能專心去運用思想機能。黨很感謝他們以前為自己的獨立思想而不怕投入法網，現在又為學術、藝術與思想而放棄勞動機能與生殖機能。並且謹向他們致最大的敬意。

這封信印得很講究，文字寫得非常婉轉恭敬，可是那些思想家讀了這兩種文件後，還是無法明瞭黨方的用意。

從思想犯變為思想家，由生活非常辛苦的集中營到了醫院裡，經過了意想不到的手術，一直沒有得到官方的解釋，自以為這是必死的命運。哪知創口痊癒後，被送到百花齊放宮來，讀到這些意外的解釋，竟過起從來沒有過的奢侈的生活，多數人都不知道這是怎麼回事。

其中有許多人因為經過了虐刑，對生活的享受，很無興趣，每天想自殺。但裡面是絕無自殺的自由的。有許多人覺得既然已經到了這樣的地步，決定把滿心的冤屈與牢騷寫出來。有許多人覺得殘廢而不能自殺，痛苦哀號都沒有用，趁有生活的享受供應，就儘量地享受吧，他們每天就沉湎在烈酒裡。其中也有人，因為有生命的存在，還想在他死前寫出他想寫的東西，說他想說的話，覺得也許會得當局的反省與接受，可使黨國走向光明的途徑。

在他們互相接觸與互相交換意見之下，他們彼此問也起了一種鼓勵，但究竟黨的用意何在，大家也竟都是一種猜度，說不出一個令人十分滿意的答案。

大概過了兩個星期後，他們對那裡的生活慢慢有點習慣了。大家起了過一天算一天的想法，有的習慣於在酒吧裡整天喝酒，有的習慣在花園裡過戶外的生活，他們要護士推他們在園中蹓躂。有的找到了對手作打橋牌或下棋的遊戲……其中也有兩個人因自殺不遂而絕食了。但是絕食在那裡是不會成功的，因為這裡正有醫師們強制的為他們注射營養，所以並不能引起什麼波瀾。

照說這一群人都是反對黨的教條的思想犯，現在聚在一起，大家總該有興趣談談思想上的問題了，但是他們竟沒有一個有這樣的興趣或習慣，彼此間仍然抱著猜疑，深怕對方會去告密一樣。

就在那時候，有幾個新的思想勞動者搬進來，他們與舊的思想勞動者接觸後，氣氛似乎有許多變動。原因是舊的人們都是從集中營移轉來的，他們在集中營住了太久，對於外面的世界太隔膜，現在新的來客則告訴了他們幾個月前的世事，使他們大為驚訝與詫異。

丁元極教授也是這新搬進來的人中之一個。

丁元極教授在國防季刊上發表了那篇激烈的文章後，他希望黨的頂峰會從他的文章中看到國防科學的重要，看到T・S・A・一群人的愛國與愛黨的一片赤心，看到政治醫學理論的荒謬，與文化學院大批判中那群自殺青年的冤枉，與他們的宣言，以及許列的演講之可貴。

但是隔了很久，一直沒有反應，他知道他的控訴恐怕要失敗。沒有幾天，他在學生群中偶然聽到政治醫學派要醞釀把他封為一個思想家，送到百花齊放宮裡供奉的運動，他知道他已很難反抗。再隔了三天，文化學院的空氣，像是越來越緊張。

他就決定自殺。安眠藥是他早就預備好的，他可以從從容容的死，但是死前他還想說他想說的話，他寫了一封長長的寄給最高當局的信。

那天晚上，他發了信，就回到自己的房間。洗了澡，換好整齊的衣服，服了安眠藥，就躺在床上，以後他記得就慢慢入睡。

可是再醒來的時候，已經被送入了醫院，有醫生們在為他灌腸。他想知道一點自己的情形，可是再也沒有人同他說話了。

過了一星期，他被打了一針之後，就再也不知道什麼。接著就像是經過一場惡夢一樣，他的兩腿已經給宰割，生殖機能也被取消。他大叫大哭大叫，都沒有人理他；他絕食，但是有人給他強行營養注射；他想同護士談談，想知道一點經過，護士只吩咐他靜養。一切都在被動中生活，日子一天天的過去，最後他恢復了體力。

他被裝進一輛病車之中，直送到了百花齊放宮來。

他到了百花齊放官後，才覺悟到這就是許多人談到過的那個地方，而自己竟成了被供奉的人了。

丁元極頭幾天幾乎是沒有開過口，但是護士推著他的殘廢車讓他參觀各種設備。讓他看到許多別人。

有一天，在酒吧間，有一個畫家用鉛筆為他畫了一張像，由護士推動著殘廢椅，一隻手拿畫，一隻手拿著酒杯，到他的椅子旁說：

「看我替你畫的肖像。」

丁元極看了那張畫，沒有理他。

「你應該喝幾杯酒。」接著那位畫家叫服務員拿了兩杯酒來，他自己換了一杯，把另一杯酒給丁元極。

丁元極喝了酒，又喝了一杯，他喝了好多杯後，那位畫家忽然說：

「怎樣？我們喝酒，所以我們活著，你大概是新來的。我們以後會常常見面了，我叫楊覺悲。你？」

「我是丁元極。」

楊覺悲同丁元極拉了拉手，又說：

「我們再喝一杯。」

丁元極現在開始注意楊覺悲同自己很有點不同。楊覺悲除了被解除了兩條腿以外，他的兩個耳朵也被解除了，他養了很長的頭髮，掩蓋著這臉部的殘缺。不過楊覺悲的手臂是完整的，他一隻手拿著酒杯，一隻手拿著一支鉛筆，腿上放著素描的畫紙。

「你是為反對當權派嗎？」

「我是二〇一一的罪犯，被集中在八漠的囚徒，身體結實。現在我成了榮譽的思想意識被動者，靈魂的工程師。」楊覺悲舉起杯子哈哈笑起來。

丁元極知道所謂二〇一一的案子是藝術家反對以黨的教條作為藝術靈魂的案子，那時好像牽累了不少年輕的藝術家。

「現在你可以自由創作你的藝術了。」

「當藝術家的身體沒有自由，生活沒有自由，他的創作怎麼能有自由的想像？」

「這是唯物論的觀點。」丁元極說。

「你是哲學家？」

「也可以這麼說吧。」

「那麼，現在你可以享受思想自由了。」

「思想自由，你以為有這件事嗎？」

「我們的思想本是自由的，只是沒有表達的自由罷了。你現在在百花齊放宮裡，你自然有表達的自由了，但是在這個環境中，你還有什麼想表達嗎？」

「如果有自由，我就要控訴。」他忽然提高嗓子說：「我要控訴。」

丁元極喝了幾杯酒後，奇怪的興奮起來，他叫了「我要控訴」，眼淚竟不知不覺的流滿了兩頰。

護士當時就照拂了丁元極回到寢室，他服了兩粒安眠藥後就休歇了。

從那一天起，楊覺悲就成了丁元極的朋友。楊覺悲是從舊的集中營裡來的，所以從丁元極那裡知道了許多現在的國內與國際的政治情形。丁元極自然也告訴他國防部與特務部的對立，以及政治醫學野蠻的理想，要用醫刀來控制人民。他於是也談到T・S・A・在文化學院與政治醫學研究所的衝突，以及如何被批判，與許多青年的自殺同自己的遭遇。以後楊覺悲的熟友慢慢的也同丁元極接近起來，當他們知道這些故事以後，回想到自身的遭遇，大家都憎恨所謂政治醫學的野蠻。他們覺得如果真的任政治醫學這樣統治世界，那麼過了一代以後，所謂完整的人似乎只有最高的統治階層幾個人，同一群政治醫學的惡魔了，其餘的人都變成殘廢的怪物了。

在百花齊放宮過著物質上非常優待的生活的那些思想勞動者，大部分是從勞動的集中營轉來的。他們在集中營的日子雖是苦難，但是一個完整的人，只要有一天可以從集中營出來，他們還可以過一個正常人的生活；現在雖是安逸與舒適，但已經不是完整的人，他們的四肢不全，他們的性機能已被摧毀。如果他們在集中營勞動，聽到殘廢的人過著舒適的生活，他們也許會羨慕這些人；可是現在他們變成殘廢，他們想到過去集中營勞動的日子，無論怎麼苦，自己還自信是人。也許是奴隸的生活，但總是一個人。現在則不是人的生活，是一種動物的生活，正像被閹割的公雞與雄貓。但那些被閹割的公雞與雄貓還有健全的四肢，而他們則又像是被剪斷了翅翼的小鳥，他們先是身體的痛苦與打擊，現在則是心理的歪曲與傷害。他們反而時時懷念集中營的日子。他們覺得在集中營的日子有時還會燃起一種希望，現在則已是完全絕望。但有一點很奇怪，在集中營時好像多數人都想死，在現在，在百花齊放宮中，他們則想活。他們有的以玩世不恭的態度，儘量享受他可能有的特權，談些絕望的沒有意義的話；他們有的每天在酒吧裡消磨日子；有的則終日陶醉在棋盤裡，以謀忘去現實；有的則終日不發一言，似聾似癡……

丁元極先是求死，求死不得而從絕境中站起來，他要控訴！

二十六

李絳霞同二十幾個同學同事，到百花齊放宮報到後，被集中在一所七層樓的樓房中，原來她們是要經過三個月的訓練後才被派去服務。從各地徵集來的護士，已經有幾十個住在那裡，以後從各地來報到的還有幾批。大概是五天以後，一共到了一百八十幾個，再正式開課。

李絳霞起初很擔心，到了陌生的地方會不習慣，但進了這個美麗的宮殿與舒適的環境，她開始嘗到一種新鮮的樂趣。在初到的五天中，她們一點事沒有，每天在園中閒遊，山上盤桓，李絳霞很自然的同許多人熟稔了。

訓練班開始，當局就告訴她們百花齊放宮同別的醫院裡的分別。她們需要更大的忍耐，與更高的保密，她們將有高於任何醫院工作的待遇，但也有嚴於在任何醫院工作的責罰。百花齊放宮是一種獨立的機構，這裡的一切與外界不同，因此關於百花齊放宮的種種，是絕對禁止向外人談到的。護士的工作是服從醫生的指示去照顧病人。在百花齊放宮中，供奉的是思者，他們與普通病人不同，因此做護士的人需要另外一種修養。訓想勞動練班就是要護士們有點基本政治醫學的知識。

從那天開始，李絳霞就同大家接受了政治醫學的訓練。

李絳霞開始知道了什麼是政治醫學，為什麼要有政治醫學。政治醫學在無產階級國家中，在生活上起了什麼作用，在文化上起了什麼作用。在這訓練期中，他們要使學生知道政治醫學使命的重大，而瞭解擔任政治醫學的護士工作是一種光榮的工作。

訓練班完全是學生的生活，物質方面也很舒服，只是功課很忙。而黨組方面要學生對外寫信不提百花齊放宮的一切，學生每封信都要交給訓導組去寄發。李絳霞除了簡單的家信以外，唯一通信的朋友是程秀紅。黨組方面曾經問她與程秀紅的關係，後來他們知道程秀紅即是蘇洛明的妻子，就沒有再去問她，李絳霞則因此也儘量少寫信。

她先以為程秀紅會很快到P市，但竟一直到她訓練班畢業時，才接到了程秀紅來信，她把那封信給黨組主任看，並告假於星期日去看程秀紅。

其實程秀紅真的到了P市已經很久了。

程秀紅與史彤決定後，就寫信給蘇洛明，她說她想了很久，知道自己無法離開蘇洛明，所以決定回到P布，希望蘇洛明還是在那裡先為她安排一個工作。

程秀紅回到P市後，發現他們新配了一所更寬敞與漂亮的房子。她被派到文化學院裡擔任一種案牘上輕鬆的工作。她知道這完全是蘇洛明的關係，而蘇洛明的地位也顯然比以前更顯貴了。

蘇洛明很喜歡程秀紅到P市來，但是蘇洛明第一晚就同程秀紅說：

「你來這裡，我自然很高興；但是我在H市曾經同你談過，這裡的情形現在是政治醫學派的世界。你必須適應這裡的環境，在自己崗位上工作，服從上級，其他的事情什麼都不要管。」

程秀紅流著眼淚點點頭。

第二天她就到她崗位裡去報到。

程秀紅的工作很輕鬆，工作環境又好，她還可以回家吃中飯。下午去辦公的時候，許多人都很晚才來，四點多鐘，大家就下班了。

這就開始了她的舒服的生活。每天工作完畢後回到家裡，聽聽音樂、看看電視，蘇洛明也回來了，晚飯經常有應酬，夜裡總是有各種戲票或者晚會的請帖，無論在戲院或電影院，他們總是有很好的座位。

政治醫學研究所的一些人，同蘇洛明現在似乎很接近。他們知道程秀紅來了，都要招待她似的，時常有宴會。程秀紅起先覺得這些人生活太資產階級化了，尤其是當她想到工人生活的時候，她對於這些養尊處優的人，覺得是太特殊；她不能很習慣。但是蘇洛明告訴她，在高級幹部的階層中，應酬宴會就是等於低級幹部的開會，開會是死板的提出問題討論，應酬的會集，則正是活學活用批評討論的武器。他要程秀紅參加，而且還要她注意自己的談話與態度。有時候他還叫她也做主人去招待別人。

程秀紅對於政治醫學研究所那些人，先是覺得可憎與可怕，可是同他們在交際嬉笑閒談以後，慢慢竟覺得他們也都很友善而並不討厭。她也逐漸的覺得是種會集是一種享受，她也開始注意怎麼樣去打扮與置辦一點時髦的服飾。

她有時候也想到T・S・A・的一些朋友，有時也會回憶到蘇洛明在電視中的可恥的鏡頭，但是她似乎怕去回憶，這些回憶使她不能好好的享受現在的歡樂。

程秀紅之所以一直沒有去約李絳霞，起先也許是為著生活忙碌，沒有完全對環境適應；後來則是下意識的有一種躲避，她有點不敢面對這個現實。

而這個現實則是無法躲避的。

那時候史彤忽然來了一封信，問程秀紅有否會見那位護士的朋友？說她自己在年底前一定可以到P市，這是她第一次到P市，希望程秀紅可以做她的指導。

程秀紅接到史彤的信，好像馬上把她從自己的世界拉出來一樣。她一方面有一種害怕，一方面也有一種慚愧。而她也發覺她有點對不起李絳霞，她是曾經答應她一到P市就去信約她的。

程秀紅這才寫了一封信給李絳霞，約她於星期日來她家吃中飯。

李絳霞非常興奮的如約去拜訪程秀紅。一到程秀紅的住處，就發覺程秀紅的地位是特殊的——那環境，那花園，那房子。幸虧她是一個護士，曾經在講究的醫院裡工作過，而現在又在百花齊故宮裡，不然她是會被嚇倒的。她不知道程秀紅的丈夫是幹什麼的，是什麼樣一個職位。

有一個園丁同志在園裡工作，她打聽了一下，就從花園裡進去。到了裡面，剛按一下鈴，程秀紅就開門來迎她了。

李絳霞看到程秀紅的打扮，幾乎不認識了。但是程秀紅很自然的迎接她，拉著她的手伴她到了裡面，兩個人開始談了些別後的種種以後，程秀紅告訴她，家裡的勤務同志有假期，蘇洛明開會去了，中午不回來吃飯；還有一個廚子在廚房裡。所以李絳霞完全可以像在自己的家裡一樣，不必拘束。接著她請李絳霞吃些新鮮的水果，又帶她參觀他們的房子。

在寢室裡，程秀紅才問到她工作的情形。但是李絳霞說她才訓練完畢，還沒有正式派到宮中去工作。

程秀紅知道李絳霞還無法認識裡面的人物，所以不再談下去。程秀紅知道李絳霞是一個簡單天真的孩子，正如她自己起初是一個工人時候一樣。現在如果要打聽丁元極，她就必須把把複雜的內幕告訴李絳霞，要是不告訴她，她如果一不小心的講出去，說程秀紅在打聽丁元極，那麼這事情就會很不好。要是告訴她，說不定她心裡害怕，將來可能被洩露出來。所以現在能夠不談，倒也簡單。等慢慢再看情形。

李絳霞在程秀紅那裡吃了午飯，程秀紅帶她看看科學院的周圍，又請她看了一場電影，才送她搭百花齊放宮的院車回去，這車每天都有好幾班的。程秀紅約她下星期再來。

程秀紅會見李絳霞織後，就不得不想到林冰士與史彤，因此也不得不想到丁元極教授，不得不想到T・S・A・那群朋友的慘遇，不得不想到政治醫學研究所的殘酷，以及蘇洛明在電視中出現的鏡頭的可恥。她於是發覺自己的懦弱與庸俗。她很想擺脫這個環境，擺脫蘇洛明，但是馬上發覺自己並沒有這個勇氣。

她知道在這兩個政治集團中，很明顯的一個是代表正義與光明，一個是代表腐敗與黑暗；現在是代表正義的沉淪，代表腐敗的當權。她是依附在腐敗集團中，過著養尊處優的生活。她不能放棄蘇洛明，但是她也不能忠於蘇洛明；她無論如何要為史彤做點事情，無論如何要對得起丁元極，她必須欺騙蘇洛明，利用蘇洛明……她有說不出的矛盾，解釋不開的蘊積。

日子在平易的生活中過得很好，她現在同政治醫學研究所一批朋友的太太們也有點來往，她發現她們也都並不快活，不是為丈夫另有新歡，就是鬧小圈子裡的是非。因為程秀紅比較超然，所以大家都喜歡同她談談。

程秀紅原想於第二個星期李絳霞來的時候，可以談些百花齊放宮裡的人物，但是到了星期六，李絳霞來信說她已經正式上班，因為每個月只有一天可以外出，所以這星期日不能再來看程秀紅了。

而沒有幾天，史彤忽然到了P市。她是同一群工人旅行團來的，住在文化招待所裡，她寫了一封信給程秀紅，說她們參觀團有兩星期的節目，等參觀節目完後，她還有兩星期的假期，到那時再來看程秀紅，面談別情。

程秀紅接到了史彤的信，心裡起了很大的波瀾。她想到她同史彤相約的工作。她反省到這些日子自己在舒適的環境中幾乎忘了自己當時的要求。她一時急於想先看看史彤。她打了一個電話去，史彤不在，她留了一個電話號碼，叫史彤回來時打回電。史彤晚上才來電話，程秀紅約定第二天一早去看她。

那天晚上程秀紅睡得很不好，早晨一早起來。那時已經是嚴冬的天氣，有點風，程秀紅覺得很冷，她搭車到文化招待所，史彤正在等她。史彤穿著工人的服裝，比以前似乎更健康明朗，程秀紅的服裝是流行的高級幹部的太太的服裝，對於史彤很陌生。史彤招待程秀紅到了裡面，在有暖氣的客廳中坐下，兩個人彼此都感到一種親熱，但程秀紅內心有一種說不出的慚愧。

史彤左右看看，忽然覺得這不是談話的地方。她邀了程秀紅到洗手間去，到了洗手間。她很快就談到百花齊放宮，問起程秀紅所提過的那位護士。

「啊，李絳霞，是的，她上星期來看過我，她來了已經很久，但一直在訓練班，現在剛剛出來，要開始去工作了。我想等她工作幾星期後，再向她打聽……」

「那很好。」史彤說：「不過我現在第一要先在這裡找一個事情。有了事情，我可以向上級請調，他們一定可以答應的。是不是可以請蘇洛明同志去想想辦法？」

「哪一類事情呢？」

「什麼事都可以，參加什麼訓練班也好，我只希望有幾個月時間，可以實現我們所計畫的那個『事業』。……」

「讓我同他談談再說。我想你有兩星期的假，可以搬到我家裡去住。我想去申請一下是不難批准的。」

「那好極了。我就在住在妳家裡的時候，進行一個職業或者找一個逗留在這裡的藉口。」

從洗手間出來，到門口又談了好一回，程秀紅才告辭回家，當時約定參觀團程序完後，史彤先搬到程秀紅家裡去。

在程秀紅一個人回家途中，她忽然想到史彤如果真是T・S・A・組織裡的人，如果政治醫學研究班的人們，發現她或者已經知道她來這裡的任務，那麼請她到家裡來住，這關係豈不是太大？而且雖說她們相約是為探看丁元極教授，誰知道她是不是還有別的使命，要是萬一將來暴露了，說史彤是程秀紅掩護進來的，這責任將是多大？對於她還沒有什麼，而自然也會牽連到蘇洛明。那時候，豈非是她毀了自己與蘇洛明？

這樣一想，程秀紅覺得有點害怕；但是她已經約史彤來了，她不能，也無法改變。她自然也不能同任何人商量。她很喜歡史彤，她覺得史彤有一種灼人的光芒，有一種神祕的力量，使她願意跟她走，但是她究竟對史彤瞭解不深；如果他們T・S・A，還有什麼陰謀⋯⋯

這樣一想的時候，程秀紅馬上想到她自己的懦弱。她曾經為許列抱不平，為劉度斌憤怒，為林冰士痛苦，以及為蘇洛明感到可恥，而現在她竟覺得史彤可怕了！

她注意自己這身太講究的服裝，想到這些日子來的生活；她覺得她必須克服這種卑屑的小資產階級自私自利的念頭。她要完全站在史彤的一邊來。

是抱了這樣決心，程秀紅回到辦公室。到了下午，她回到家裡，與蘇洛明談到她要招待一個從S市來的同志到家裡來住幾天。蘇洛明知道是工人參觀團的一個團員，又是程秀紅以前訓練班裡的同學，自然沒有想到別的，他覺得很好。

二十七

史彤於十天後來電話，說已經可以搬來，程秀紅同她約定下午一時在家裡等她。程秀紅下午也告了假，預備可以陪陪史彤。

那天天氣很冷，天色陰沉沉的。十一點鐘的時候忽然下起雪來。

程秀紅回家是十二時，房間裡的暖氣很熱，她坐在起坐起間裡聽收音機。十二時半蘇洛明回來。

蘇洛明知道今天史彤要搬來，所以也帶回來一些鮮花。程秀紅忙著插入花瓶裡，她分了一瓶放到為史彤佈置好的那間寢室裡。

蘇洛明沒有見過史彤，但經程秀紅那裡知道她是一個非常美麗的小姐，所以很想見她。平常他們總是一點鐘左右吃中飯，中飯往往很簡單。今天因為史彤搬來，所以等她來了再開飯，自然也添了幾樣菜。

大概到了一點一刻，門鈴響了，程秀紅去開門，她吃了一驚，因為史彤今天竟不是工人的打扮了。她穿了一件時行的皮領的大衣，圍著紅花的圍巾。程秀紅為她接過手上的皮箱，伴她到客廳。她脫去大衣，裡面是常青色的上裝，藍色的長褲。

程秀紅第一次看到她這樣打扮。看看她，程秀紅說：

「我第一次看見你這樣打扮，真是漂亮。」

「我想我到你這裡來，應該……」史彤沒有說完。程秀紅想到，那是她那天去看史彤時的打扮影響了史彤。

史彤臉上並沒有施脂粉，但是光潤鮮豔，明媚照人，頭髮理得非常整齊。左面披下來的髮絲，在她的眉眼的角上，像是一種很自然的裝飾。她的大大的眼睛，發出莊重而大方的光亮，她並沒有對這闊綽的客廳，華貴的佈置有什麼詫異。她隨著程秀紅的招呼坐下來。

就在這時候，蘇洛明從裡面出來。

程秀紅為他們介紹。

蘇洛明先是為史彤的美麗而神奪，再一注意的時候，他吃了一驚。他覺得他以前一定見過史彤，但是想不到是在什麼地方了。

坐下談了一會，程秀紅陪史彤到她的房間去。她又為史彤提那只小皮箱，但史彤客氣地搶著自己提。

程秀紅要蘇洛明叫廚房開飯。

「我已經吃過飯了。」史彤說。

「吃過飯？我們正等你吃飯呢。」

「真對不起。我忘了先告訴你，我吃了飯再搬來。」史彤一面對蘇洛明笑笑一面說：「你們快吃飯吧。」

程秀紅陪史彤上樓，那間房間在二樓。程秀紅陪史彤進去了，她去開窗。

窗外有風進來，吹得黃色的窗簾輕輕的飄動起來。

房間並不大，一張床，一個衣櫃，一張書桌，兩張單人沙發，一個落地檯燈；但是佈置得非常整潔。

窗外是一片草地與雜綴著的花木，遠處才是另一所房子。

程秀紅指引史彤，說隔鄰就是浴室；並且要她一起再去吃點東西。

史彤要程秀紅下去吃飯，說她自己理好了東西就下去。

程秀紅一個人到了飯廳，蘇洛明已經在飯桌上了，他一見程秀紅就說：

「史彤，奇怪，我好像在什麼地方見過她。」

「笑話，你怎麼會碰見她。」程秀紅說著，忽然笑了。

「妳笑什麼？」蘇洛明問。

「忽然想到那天偶然讀到前世紀一個作家的話，說每一個男人看見自己喜歡的女人，都會覺得似曾相識的。」

「妳怎麼去看這種資產階級作家的小說？」

「我都想不起小說的名字了，這是辦公室一個同事借給我看的，我覺得這話很有道理。」

「可是，」蘇洛明說：「可是我可真的覺得一定在什麼地方看見過她，也許在什麼……是不是在我們結婚的酒會裡？」

「那時候我還不很認識她哩。」程秀紅笑著說：「不要神經過敏了，我們吃飯去罷。」

……

吃了飯，蘇洛明去辦公。出門的時候，剛是史彤從樓上下來。兩個人打了一個招呼，蘇洛明很清楚的注視了一下史彤，就匆匆的出去了。

晚上，蘇洛明回家很晚。程秀紅在史彤的房間裡談天。聽蘇洛明回來了，就回到自己的寢室去。

蘇洛明見到程秀紅就說：

「史彤是不是T・S・A・的人？」

程秀紅吃了一驚，但故作毫不在意的說：

「她怎麼挨得上？」

「我想起了在什麼地方見過她。」蘇洛明說：「那是在鬥爭大會中，當我發言的時候，我突然看到群眾中有一對發光的眼睛，仇恨地注視著我，那就是她這對眼睛，我想起來了。」

「你真是奇怪。鬥爭大會？什麼鬥爭大會？」

「就是對T・S・A・的鬥爭大會，那一天，我……」

程秀紅回想到電視中看到的蘇洛明的發言，她心中的說不出的反感又浮起來。她知道蘇洛明的直覺一定是對的。她本來想說出史彤是許列的情人，現在覺得這是必須堅守祕密才行。她隨隨便便的說：

「史彤那時候也許在這裡，參加鬥爭大會去旁聽自然可能的，但是幾千人的集會，你怎麼會看到她，認識她呢？不瞞你說，她現在這樣打扮，我都是第一次看見，今天來的時候，我都幾乎不認識她呢。」

「一定是她，一定是她。」

「什麼？」

「是她，是她在那天大會中，用仇恨的眼光盯著我。」

「這都是你神經過敏，那天你的發言，有許多人會覺得太過分，但怎會一定是她的那雙眼睛呢？」程秀紅說：「這已經過去了，不要再提它了。我同她一下午在一起，她可一句也沒有提到在鬥爭大會中看見過你。可見這是你自己在神經過敏。」

「但她要是T・S・A・的人，那麼我們就只好疏遠她一點。」

「她還是一個年輕的姑娘，如果她有點同情T・S・A・那些人，也是同我一樣，不會是有什麼很深的關係的。」

當時關於史彤的談話就到此為止；可是蘇洛明似乎有一種說不出的不安。

在以後幾天中，他常與史彤在一起吃飯、喝茶、談天，慢慢的熟稔起來。他發覺史彤是一個很可愛的女孩子，但他越來越覺得她就是那個在會場裡，用卑視與狠毒的眼光看他演講的人。於是有一次他談到文化學院所舉行的對T・S・A・的批判大會，他問她有沒有參加。

史彤說那是訓練班的黨支書記號召去參加的，不過她只去了一次，第二天病了，所以沒有去。

蘇洛明於是問到有沒有聽到他的發言。

史彤很大方的說，他的演辭後來還提出到小組會來討論學習過。

蘇洛明還想再談下去，史彤可藉著岔兒就走開了。

蘇洛明覺得很不安，好像他越喜歡史彤，越希望她會不卑視他。他先疑心史彤與T・S・A・有特別關係，但現在看來倒並沒有。他心裡有一種自卑的意識。

史彤自然不希望蘇洛明發現她與T・S・A・的關係，所以她儘量避免與蘇洛明談話。她本來想請蘇洛明找事的，現在與程秀紅商量，也決定取消這個主意，因為她並不想滲透到政治醫學研究所一派的機構裡去，倒是她怕別人發現她與T・S・A・的密切關係。

通過了S市工廠方面的介紹，她終於在國防部的一所兵工廠裡找到了一個工作，並且可在假期滿了以後去報到。她現在專心期待的就是與李絳霞晤面。那時已經是歲尾，所以程秀紅寫信給李絳霞，希望她能在新年裡到程秀紅家度幾天假。

李絳霞現在已經正式在百花齊放宮工作，她對於這些住在裡面的思想勞動者並沒有什麼同情。她覺得他們是一群殘廢的醜惡的瘋子，他們有的自言自語，有的狂飲無度，有的罵人，有的叫囂，有的整天長籲短歎，有的忽哭忽笑……她不瞭解黨為什麼要供養這群瘋子。

但慢慢的她看到有些人在畫她看不懂的畫，有的人在鋼琴上譜曲，而也有些人整天在房內，據說在寫什麼文章。雖然這些人也很想找護士小姐們閒談，但她們是只能在與職責有關的事情上有答有問，閒談國家大事或者瘋瘋癲癲的問題，她們是規定只許微笑不答的。

李絳霞起初很是不習慣，但多天後也就習以為常。在她們上面的有醫務同志，在她們下面有勤務同志，她們的工作可說不忙，只是沒有正常醫院或療養院的有規律。而那些思想勞動者許多都是殘廢，甚至年老多病的人，每天不是那個病，就是這個感冒；或者是這位胃痛，這位頭暈。她們就要為他們找醫務同志，為他們量熱拿藥。有的還要供給維他命一類的補品。

護士們雖並不指定給哪一個思想勞動者，但輪流著要專為一個人服務。病人的殘廢椅經常要一個人推送，這份工作，經常都是由護士擔任，偶爾也可由勤務同志暫時代職，護士在病人起床後，就把他推送到餐室，以後隨病人的意思推送到書房、畫室等，或到花園走廊上去，或者到休息室去看報下棋，這時候的工作，實在等於是一個侍女。但有時聽他們間的談天或討論些什麼問題，李絳霞偶爾也發生一點興趣，雖然她並不能完全瞭解。而那些人有時候對於政府的批評與諷刺，則使李絳霞非常詫異。

護士們每天晚上都有小組會，這些白天的所見所聞都需要提出來坦白討論，還要彼此互相提供對待這些思想家的態度與辦法。上級在這時候，就有各種分析與指示。另外就是學習，那是專門學習各種公告指令與報上的社評等等。

不過這些會集都是和風細雨的，比諸以前生活中的互相批判還要輕鬆。李絳霞自然很快就習慣了。

李絳霞自從上次去拜訪程秀紅後，就一直沒有到別處去。現在已經是過年了。她們在百花齊放宮有很熱鬧的點綴，她們舉行了歌唱宴飲與遊戲，但無法使那些思想勞動者高興，他們對這些點綴幾乎沒有一點反應。

就在那時候，李絳霞接到程秀紅的邀請，正好她在新年有兩天假期，所以她向上級請示，想接受程秀紅的邀請到她那裡住一晚。上級對於程秀紅是蘇洛明的太太早已有所瞭解，所以並沒有細究就批准了。

於是李絳霞一方面寫信告訴程秀紅，一面很焦急的等待日子的到臨。這是李絳霞工作開始後第一個假日，假期是輪流的，她也不知道她們一同出去的人有多少人。但她同組的三個人，則要於外出的前夕到組長處去開會，大家要坦白出假期中想看的人，與想做的事，紀錄下來，備與回來時的報告核對。

第二天，她們拿了假條出來，在二門口還要經過稽查。這才上了專車駛出宮門去了。

程秀紅自然很早就收到李絳霞的通知，她告訴了史彤，她們就計算著時間等李絳霞。

史彤第一次會見李絳霞，覺得她是一個很純潔的女孩子，她們很快就熟稔了。

程秀紅當時就急於問她在百花齊放宮裡的生活，接著問她有否見到一個丁元極教授，他現在已經變成怎麼樣？李絳霞怎麼也想不起有這麼一個人。但說到人變成怎麼樣的話，她說那裡面的病人個個都是殘廢的。多數沒有雙腿，有的還沒有手臂，有的沒有耳朵，……

程秀紅於是談到丁元極是她與史彤最敬佩的老師，因為犯了思想上的錯誤，所以被「解」

製了送到百花齊放宮去。現在她們想知道他的情形，如果可能，她們還想設法去看看他。

「要打聽他還不頂難，但是想進去看他是絕無可能的。」李絳霞說：「但是他的殘廢是怎麼回事呢？」

「他們沒有告訴你們？百花齊放宮，就是要把思想錯誤的人解製成一個只能用思想勞動的人，他們的性機能與勞動機能都是人工解除了的。」

李絳霞聽了非常驚異。

這時候，史彤與程秀紅才知道政治醫學工作者，對於這群護士的訓練，並不給她們知道這一層。她們只是照顧那些已經送到百花齊放宮的病人而已。

史彤於是從頭把政治醫學的工作種種講給李絳霞聽，最後她們又把T·S·A·一些人的主張向李絳霞解說。李絳霞這才稍稍知道那些所謂思想勞動者是怎麼回事，雖然她對這些並不感到什麼興趣。

程秀紅招待李絳霞非常熱誠，吃了中飯以後，她們三個人去參觀歷史博物館，逛了公園，在一家很講究的館子裡吃飯，飯後又去看戲。看戲回來已經不早，三個人又重新談丁元極在百花齊放宮的種種。

程秀紅要李絳霞先注意丁元極，等到輪流到她看護他的時候，找一個機會同他聯繫，讓他知道李絳霞與程秀紅、史彤是好友，一切可以通過她來聯繫。告訴他，她們兩個人想設法到宮裡去看他。但是史彤覺得這樣去接觸丁元極他是決不會相信的，必須有一個證物才對。程秀紅以為可以寫一封親筆信叫李絳霞帶去，但史彤以為任何落筆墨的東西都不能用，認為都太危險。她們商量很久，程秀紅才想到林冰士送給她那個帶著銀鏈的銀質雞心，雞心裡一面是林冰士的照相。林冰士是李絳霞的表姐，又是程秀紅的好友。把這個念品給丁元極看，自然是可作一個真正的證物。

史彤認為這是很好的辦法，於是程秀紅把這條鏈子掛在李絳霞的脖子上。

當夜大家談定了這些，才各自就寢。

第二天下午，李絳霞就回到百花齊放宮去。

二十八

丁元極與楊覺悲做了朋友以後，他得到很大鼓勵。他又從楊覺悲那裡認識了幾個朋友，一個是詩人葉直子，一個是音樂家霍倫，他們都是二〇一一案子的同犯。他們每天晚上在酒吧喝酒。

霍倫是一個作曲家，年紀比別人輕，他應該是一個清秀的青年，但是現在他被毀了鼻子，鼻子以外，他自然受過宮刑，並被鋸去了兩腿，其他各部分算是保全著。他再沒有作曲的興趣，除了喝酒以外，他就是罵人。

護士的輪值是兩個月一換，李絳霞回到百花齊放宮後兩個星期，她就被輪派到看護霍倫。霍倫平常很沉默，但當喝了酒罵人或發牢騷時，則總是慷慨激昂，滔滔不絕。他對李絳霞，好像始終認為她是官方的特務，所以除了叫她做什麼外，不同她交談什麼。

李絳霞在伴霍倫到酒吧時，她看到丁元極，但是無法同他接近，自然更沒有說話的機會。以後她想通過霍倫對丁元極作個聯繫，但霍倫對他竟毫不注意。

李絳霞原以為這些以酒消愁的人，都是酒後狂言，並沒有任何系統；他們都像是意志消沉、玩世不恭、再無雄心的人。但自從在程秀紅與史彤那裡聽到關於百花齊放宮種種以後，對那些她本來認為瘋瘋癲癲的那群人，開始有點瞭解，對他們的談話也開始有點興趣，所以當他們在酒吧裡談論的時候，她也想聽聽。

丁元極本來除了自殺以外，不再妄想什麼；但交了楊覺悲一群朋友後，他開始受到鼓勵，慢慢覺得必須掙扎著留一點東西向世界或後代控訴。

他與楊覺悲進一步的接近，發現楊覺悲也會德語，他們可以用德語談話而不怕人聽。但是他們還怕室內有被錄音或其他竊聽的裝置，所以就想在花園裡交談可以更加安全。他們因此就約定每天下午一定的時間，要護士推著殘廢車去散步。他們兩個人就並坐在車裡談比較祕密的話。

丁元極想像所謂百花齊放宮的自由，一定是僅限於承認百花齊放宮的存在。如果他想控訴百花齊放宮是一種慘絕人寰的措施，無論從繪畫文字或語言來表現，都會被政治醫學研究所的人沒收而毀棄。所以他必須想一個不經過審查而偷流出來的辦法。

他們現在每天討論的就是這個出路。

他們從每天生活程式中，發現除了護士中能有一個人肯幫忙以外，可說是絕對無法把他們的控訴，不經過檢查而出去的。但是他們相信護士一定是當局的特務，不可能會幫他們，即使不是當局的特務，也不會去做他們的同志。除非那個人有強烈的愛與堅貞的信仰，要她抱著犧牲的精神與冒著危險來為他們向外傳遞音訊，這是絕無可能的事情。

在多少次研究討論之中，都沒有結果。於是，在一偶然場合中，他們發現了一個希望。

那是當他們的殘廢車推到後面果園中散步的時候，他們看到在果林中工作的工人。

丁元極與楊覺悲幾乎同時的警覺了一下，他們好像在黑暗航海中看到一點星光，感到這至少是給他們指點了一個方向。他們用德語交換了這個發現，他們很自然的叫護士順著柏油路推向果林去。

在推到果林的附近處，他們假裝要看看工人的工作，停了下來。這時候他們估計，這路邊離果林中上作的工人，不過七八碼的距離，如果有一個工人肯過來，假定是拿一支香煙，那不過半分鐘的時間。

如果有這樣一個機會，那麼把一篇文章一封長信或者一卷錄音帶，帶出這個世界，應該是沒有問題的。

丁元極與楊覺悲兩個人幾乎不約而同作這個考慮。他們看了好一會後，才離開那裡。以後，彼此談到，覺得這真是一個意外的大發現。但是他們馬上想到，這個可能如果成為事實，有幾個先決條件是必須存在的。

第一是這個工人是同情他們的人。

第二是那個推他們車子的護士肯幫忙——而這個幫忙則是一種不冒險的幫忙，即只要不告密就是。

但他們怎麼討論，也無法解決這兩個先決條件。

就在那時候，李絳霞突然在他們中間出現了。

李絳霞並不是對政治有一定的立場，她是林冰士的表妹，又愛程秀紅，並且對於這種有點祕密性的任務，感到一種冒險的趣味。同時，她對於這個任務所冒的危險，並沒有清楚的認識。她覺得能夠聯繫到丁元極，至少可表示她並不是這樣的沒有用。

她看護霍倫，因為霍倫在咖啡室酒吧間，常常同丁元極、楊覺悲在一起，而看護楊覺悲的護士是一個胖胖的圓臉龐的女孩子，叫做葉秋明。她是一個愛笑的愉快的人，李絳霞同她同時進來，同在一個訓練班裡出來，自然很熟的。照教條，每個護士只能看顧自己的病人，但在某種情形下，短時間請別人照顧一下是常有的事。有一次，就在酒吧裡，當霍倫與楊覺悲、丁元極喝酒閒談時，李絳霞假裝肚子痛，向霍倫告歉，她拜託葉秋明代為照顧一下。李絳霞離開後，竟隔了半小時才回去，回去後對葉秋明道謝。自然在這個半小時內，葉秋明曾經為經為霍倫做倒酒、點菸一類的服務。因此在以後的時間，李絳霞假裝為報答葉秋明的代勞，也爭著為丁元極做點事。

這樣大概有兩三天，於是碰到了放映電影的日子。在去電影院前，大家在休息室裡。休息室裡有報紙、圍棋、象棋一類的東西。平常當這些病人們下棋看報的時候，護士們也可以做像看看書報與打打毛線一類的事情。那一天，正逢丁元極與楊覺悲下棋的當兒，趁葉秋明不注意，李絳霞把丁元極的眼鏡偷偷地塞在報紙下。

等到電影開映時間到了，棋還沒有下完，他們就匆匆的到了電影院。

這個電影院是沒有座位的。護士們把殘廢椅上的「思想勞動者」推到裡面，就可以成為座位。但後面有長排的椅子是為護士們坐的。

推到裡面，丁元極就發現眼鏡不在，李絳霞就說她好像在休息室桌上看到過，所以葉秋明就回到休息室去找。

葉秋明走後，李絳霞故意把兩把殘廢椅推得整齊點，恰巧這時候場燈滅了。李絳霞就把她袋裡預備好的項鍊，輕輕地放在丁元極的手掌上。丁元極先是一驚異，正想問的時候，李絳霞先問：

「想去洗手間嗎？」

「是的，是的，謝謝你。」

李絳霞於是向霍倫打個招呼，推丁元極去洗手間去。洗手間的設備是專為殘廢人設的，推到裡面，普通是護士退到外間，待聽到按鈴後，再進去推他出去。

正好洗手間內沒有別人，李絳霞說：

「她是我表姐。」接著她就退外面。

丁元極出來時，他把項鍊塞在李絳霞手上，沒有說一句話。

第二天，霍倫一直有不好的脾氣。晚上在酒吧的時候，霍倫一直喝酒罵人，後來別人都說霍倫已經醉了，他還不停要李絳霞給他酒喝，當時丁元極與楊覺悲都叫李絳霞不再給他。李絳霞兩面為難，最後採折衷辦法，倒了半杯給霍倫。

豈知霍倫勃然大怒，伸手把酒杯拍翻在地上，大力把李絳霞推開，大罵：

「混蛋，妳是我的護士，不聽我的話。」李絳霞不知所措，驚嚇得哭泣起來。許多人都圍攏來，糾察員與護士都過來。丁元極責備霍倫。霍倫忽然說：

「你們把最壞的護士派給我，誰知道你們有什麼陰謀？」

「護士都是輪流派來的，有什麼好壞。你喝醉了酒，就……」丁元極說。

「她有意在同我作對，一直在想折磨我。」

「你怎麼這樣胡說，我們都覺得她是一個好護士。」丁元極也嚴厲責備他。

「那麼你肯同我換一個嗎？」

「只要護士長同意，我不反對同你換一個。」

當時護士長與糾察員勸慰李絳霞，叫李絳霞仍舊去護侍霍倫，但是霍倫竟不許她接近他，硬說她是存心要同他作對折磨他。

這樣麻煩很久，最後是護士長同糾察員商量，終於叫葉秋明來護侍霍倫，由李絳霞去護侍丁元極。

「現在總滿意了吧。」丁元極同霍倫說，接著他要李絳霞推他回去。

李絳霞這時才恍然發覺這場戲是他們故意這樣做的。

二十九

就是從那時開始，李絳霞才得與丁元極接近，她同他談到程秀紅，談到史彤。

丁元極現在開始知道世界上，還有人在對他關念，這好像給他一種奇怪的力量。他開始思索如何寫這個百花齊放宮的殘酷與他想提出的控訴。

他想先應該說明把思想勞動者放在百花齊放宮，目的是為了可以表現自由思想，而這些思想能夠給最高當局參考是一個不可能的假定。因為事實上，當這些自由思想如果與管理百花齊放宮者的利益衝突時，或者是否定這個百花齊放宮的存在的意義時，這些意見是決不許走出這監獄以外的，因此這個百花齊放宮也只是一種浪費的存在。

他又想他必須說到他這篇文章仍是在絕無自由的環境下的一種鬥爭，如果這篇意見可以達到宮外的耳目，他死去也是十分樂意的。

接著，他自然要寫宮中的那些藝術家與思想家的痛苦。他認為在這種痛苦下，他們是絕無法在藝術創作與學術思想上有所發展，他們覺得只有除去這個政治醫學所統治的世界，才是真的人的世界。再以後自然是重提T・S・A・犧牲的人物，他要反控。

丁元極雖是在心裡不斷的構思，但並不敢馬上寫出來，因為他怕文稿會落在別人的手裡。他從李絳霞那裡知道史彤想來看他，他提議一個最好的辦法，那就是史彤能充果園裡的工人。

他設想他可以在文稿寫好的短期內碰見史彤，他能把這稿子直接交給她。他希望這篇文章可以在外面發表，或者在廣播中播出，不管結果如何，只要有人看到聽到，他就滿意了。他第二個願望就是速死，他希望史彤同時可以帶給他們一點「塞納」，他在確知那篇控訴可以在世上活下去，他就可以很安詳的死去，因為再活在世上就無意義了。

他把這些意思和李絳霞談了。李絳霞對於丁元極自殺的念頭，雖是很驚異，她想給他一點勸慰，但不知怎麼措辭。最後她覺得這應該讓程秀紅與史彤來決定的事，她只能把丁元極的意思傳達給她們。

李絳霞在護侍丁元極兩星期後，她有假期可以到宮外去。百花齊放宮的職員外出時，每個人都要經過嚴格的稽查，好在護士們出來，都沒有什麼行李，而身上也不會隱藏什麼，所以這倒沒有什麼可擔憂。使李絳霞不安的則是外出的前夜，有一個會集。在這個會集之中，不但是要坦白她們工作中的感想與經驗，還要說明假期中想去的地方與想看的人種種。

李絳霞從未對於檢討自己的思想與坦白的行為有所不安。但自從與丁元極有點祕密以後，每晚闗會都有點內疚。而這次集會中，說前去看程秀紅時，心中竟有點害怕與鬱悶，她開始感覺到知道一個祕密，正是一個心理上的負擔。

但是她另一方面則有一種奇怪的興奮。第一因她已經完成為了她的任務，她對她自己的才能有一種自信；第二，她好像對程秀紅、史彤有所交代，她意想到她們在見到她的時候的笑容興表情，她們對她一定有另一種的敬佩與愛慕。隔了這許多白子，她想程秀紅與史彤一定非常關念她，如果她去看她們，而一無可報告，豈不是會太使她們失望，而自己也表示太無能了。

李絳霞這種猜想的確是對的。

因為史彤與程秀紅，正是在等待她的消息。

自從上次同李絳霞見面以後，史彤不久就到了一個國防部範圍下的第三兵工廠裡去工作，自然也搬到工廠裡去住。她的工作開始時很忙，但是兩星期以後，她就被調去做案牘上的事務，她開始接觸到國防部勢力範圍中的政治醞釀，以及與特務對峙的情勢。

原來國防部與特務部對立是傳統的事情，黨與領導就在這二者對立的平衡中來統治。

國防部是對外的機構，所以主張擴充國防經費。因此對國內主張不妨減輕控制，多予人民以一點自由，也可以使科學有很大的發展。特務部則是對內的機構，他們認為帝修兩派在國內都有代表人，所以必須隨時警惕，加強控制。

文化學院T·S·A·一批人，是得國防部支持的知識份子，他們在學術與理論上，反對政治醫學工作；但因處之過激，成為基本上否定政治醫學的存在，所以終於遭到打擊與清算。

國防部在文化學院的戰線上雖是失敗，但別方面的勢力則並未多大動搖。劉度斌的父親劉百韜是一個支持T·S·A·的人，他被免了國防部次長以後，曾賦閑了幾個月，現在則被委任為第三兵工廠的廠長。史彤就是他下屬。

史彤快的讓劉百韜知道她是許列的情人。她於是就向劉百韜說，想到百花齊放宮去看看丁元極。劉百韜起先並不贊成她這個計畫，後來覺得，如果丁元極有什麼特殊材料或意見可以傳出來的話，那當然是值得做的。史彤於是告訴他關於程秀紅、李絳霞的種種。劉百韜才答應把她的方案去研究。研究結果，發現每天有伙食公司的車子去百花齊放宮，史彤要去，可以為她安排一個司機的職位。

百花齊放宮的食物及用品供應，是每天由國營的伙食公司用貨車送去，這車子除了裝食物外，就只有一個司機和兩個卸貨職員，史彤於是就做了這貨車的司機。這樣她就每天早上到了百花齊放宮去，在伙食公司的職員們忙於處理食品時，她就在四周觀望與考察。她前後去了一個多星期，有兩次她還隨伙食公司的職員到裡面，但是裡面所接觸的不過是發個工役同志，她連一個護士一個住院的所謂思想勞動者都沒有看見。但有一天，當伙食公司的職員處理伙食時，她等在外面，有幾個園藝的工人過來，她就同他們談起話來，史彤開始問他們：

「這麼大的地方，你們在裡面工作都參觀過嗎？」

「我們只在花園果園裡工作，裡面沒有去過，這個醫院真大，好像住的都是廢殘的人。」

「是嗎？可是這裡不是叫百花齊放宮嗎？」

「是呀，『百花齊放宮』，所謂百花齊放，大概是各種病都可在這裡療養的意思。」

「真的？你們看見過那些病人嗎？」

「自然看見過，他們有護士推著殘廢車，在花園裡看書談天，看他們倒是很舒適的。」

聊了一陣後，伙食公司的職員們出來，大家也就散了。

史彤駕著車子回來，開始想到混到園藝工人裡去。

她把這個意思同劉百韜談了。劉百韜就通過國防部為她設法，他們很快就在勞動調節所，找到去百花齊放宮的那些工人的來源，而發覺把史彤放在裡面並不是難事。因為這些工人，彼此沒有什麼聯繫，說是一個工人臨時病了，由她來代替也可以。

史彤在這些日子中，也有多次與程秀紅晤面，她沒有把所進行的告訴程秀紅。不過把關於她所知道國防部的勢力與政治影響，以及與特務部對立的形勢，給程秀紅一種解釋。史彤到P城不久，而對於政治氣候如此熟稔，這很使程秀紅感到詫異。她一方面對史彤起了說不出的敬佩之心，另一方面則覺得有一點害怕，怕政治醫學部的人們知道史彤的底細，所以他要史彤少來看她，等李絳霞有機會出來時，她再去約她。

史彤在進行到可以去百花齊故宮裡去充園藝工人後，仍沒有程秀紅的消息，她開始有點不耐煩。他想，反正她去做園藝工人不難，她何不先到裡面去看看！

就在史彤這樣計畫的時候，她從劉百韜那裡知道一樁大事，那就是修正主義國家也已經迫隨了帝國主義國家之後，能從月球的基地直接放射骨氣彈命中地球的任何一點。現在如果帝修兩國合作，只要把無國的戰略衛星擊毀，無國就等於無國防的國家了。

因此，國防部想發動提倡國防，擴大國防預算，借此向特務部奪權，把文化學院的冤屈翻案。在最近發展中，似乎最高當局也已經有點覺悟。為這個緣故，劉百韜所以要史彤儘快的弄到丁元極的控訴報告，以備國防部有需要時可以隨時提出去，但他要這個消息絕對守祕密，暫時丁元極都不該讓他知道。

史彤因此就想同程秀紅聯繫，問李絳霞究竟何時可以出來。而就在那時候，她接到程秀紅的電話，約她去吃飯，她知道那一定李絳霞已經出來了。

程秀紅的工作本來很清閒。現在因為有了孕，得黨方審核他們夫婦的成份背景與思想，批准可以生育，所以以孕婦資格，時常請假。因為這個肚子裡的孩子，她不得不想到以前的人工生育的號召。那是多麼相同而又多麼不同的負擔。她開始意識到愛情的重要。如果不是愛的結晶，這肚子裡的東西是多麼不堪設想呢。她時時想到林冰士，當她摸著自己的肚子時，她能想像到林冰士當時的感覺。她在這一點上不得不感激蘇洛明。而蘇洛明因此也就成了政治醫學研究的幫手。在鬥爭T‧S‧A‧的大會上不得不作幫兇的演說。她在S市時一度厭惡蘇洛明，現在這厭惡則已漸漸褪色，她知道她愛蘇洛明，沒有他，她無法生存。但她始終似有一部分的心靈是屬於T‧S‧A‧的，一想到林冰士，一想到丁元極，她覺得她沒有法子欺騙自己，為黨為國，她是必須站在T‧S‧A‧的立場上去的。這一種矛盾使她很痛苦，而是一種沒有人可以訴說的痛苦。

如果她為丁元極工作是由於史彤的鼓勵，那麼李絳霞的為丁元極工作則完全是程秀紅的關係，或者說正是在為她工作。

她接到李絳霞的信，心裡起了一種痛苦也有一種快樂，她自己無法瞭解自己。

史彤接到程秀紅通知就來看她。那正是天氣初有春意的日子，煦暖的陽光照在程秀紅家裡的花園中。

史彤到的時候，李絳霞已經先在，她正同程秀紅在園中曬太陽，程秀紅告訴她懷孕的情形。史彤打斷了他們的談話，程秀紅帶她們到裡面，大家都感到一種奇怪的親切。幾個人分享一種祕密，做一件祕密的事情，往往會產生一種彼此感到親密的感情。

她們坐下後，史彤急於要知道李絳霞進行的成果，所以就變成了一個會議。

李絳霞先報告她與丁元極聯繫的經過，並且說到丁元極所設想的，如果史彤可以充果園的工人進去，那是一個最好的辦法。

這正是與史彤不謀而合的想法。

史彤於是報告她曾經充伙食車司機，到百花齊放宮去看過。她也曾與果園裡的工人談到他們所見的情形；她說去做工人的安排是很容易辦到，但要約一個準確的時間。

李絳霞說只要等丁元極的文章預備好了，她再通知程秀紅。

她們於是擬定了一個暗號，李絳霞給程秀紅的信中，將只說哪一天起會比較忙，譬如說下星期一起，那麼，就在那一天開始的一星期中，史彤要設法進去。李絳霞與丁元極在那一星期中，每天下午三時至四時半說到園裡去曬太陽。

最後，李絳霞提出丁元極要求史彤，帶毒藥給他的問題。

「毒藥？」

「是的，丁教授覺得只要他的文章可以帶出來同世人見面，最好是能在電臺上廣播，他已經完成了使命，他也不想再活在這世上了。」

「但是，政治的氣候，時時在變化；他活在世上，一定會有機會聽到我們勝利的消息的。政治醫學在國防緊張時候一定會揚棄，而T・S・A・的同志們的冤屈，一定有一天可以翻案的。」

「我覺得毒藥可以不必給他。」程秀紅的意思。

「如果這文章發表了，政治醫研究所的人自然會虐待丁教授，那時候讓他自殺，比讓他受罪自然好些。」李絳霞說。

史彤沉吟了一回，她說：

「我想我可以把毒藥帶給他，但是妳必須負責監護他，最好為他收起來；不是必要的時候不要交給他。我覺得他至少也應該知道他的文章在這世上起了什麼樣的波瀾。」

但是李絳霞想到：如果丁元極服毒而死，死後查到毒藥的來源，一定會牽動整個的百花齊放宮，那時候做他護士的人責任就太大了。

所以最後還是決定不帶毒藥給丁元極。

在一切商議定了以後，大家開始計畫如何找點歡樂。

史彤要求程秀紅設法約蘇洛明，帶她到俱樂部去，因為她聽說文化學院的高級幹部，有一個很奢華的俱樂部。

程秀紅打電話給蘇洛明，可是蘇洛明並不在他辦公的地方。

三十

蘇洛明回家已經六點鐘，他看到史彤與李絳霞一時好像很詫異；程秀紅看他面色很不好，問他有沒有不舒服，他說沒有。

這時候史彤說，她們曾經要程秀紅打電話給他，要他請她們到文化學院的高幹俱樂部去。

蘇洛明笑了笑，沒有說什麼；但當他後來換了衣裳出來坐在沙發上喝一杯酒的時候，他忽然發現史彤今天顯得特別美麗，她的皮膚是沒有一點斑痕的，勻稱光亮，頭髮濃鬱漆黑，像時時在放射一種芬芳與光芒。她的眼睛，黑白分明，奕奕有光。自從在清算T・S・A・大會中發言時發現這對眼睛後，蘇洛明總覺得這眼光後有看不起他的陰影。雖然他們也相當熟了，好像過去的陰影已淡；但今天，蘇洛明的內心有另一種波瀾，他對這眼光有一種害怕，他不願意正眼看它。

在隨便交談了一些以後，程秀紅發現蘇洛明已經不像剛才回來時候那樣的黯淡，她重新提起到俱樂部吃飯的事。蘇洛明說他不喜歡俱樂部，他要帶她們到一家專招待外賓的餐室去吃飯，說那面有很好的音樂。

無產階級國家，一切的享受都是屬於無產階級的，但是一定的享受則屬於一定的組織。一切的文化宮俱樂部酒店飯館，都是屬於一定的組織，只是屬於那個組織的人才能享受，不屬於那個組織的人，必須由屬於那個組織的人的邀請，既成為他的嘉賓才能進去。但是越是高級的同志越屬於更多的組織。他們有核心的俱樂部，有週邊的俱樂部，諸凡華麗的酒店飯館……等等，往往都是他們週邊的俱樂部，譬如應該屬於招待外賓的，高級幹部都是有權利進去，理由是他們與外賓有工作上的聯繫；普通工人農民就絕無法進去享受的。像史彤這樣階層的幹部，就只有在所屬工廠的文化宮俱樂部裡享受，或招待來拜訪她的友好。至於李絳霞則除了百花齊故宮裡面的俱樂部以外，根本就沒有地方可以去；進城要吃飯，就只有在一種攤位的櫃檯上去吃，那種攤位都設在雜貨鋪或百貨公司裡，除了吃飽以外，沒有任何享受可言。

蘇洛明那天請她們到一個招待外賓的地方，進去以後就要把來賓的姓名及所屬的機構登記，以後是由一個漂亮的女同志帶進去，裡面華麗的佈置，柔和的燈光與優雅的音樂，是史彤與李絳霞都沒有經歷過的。

蘇洛明為她們叫了珍貴的酒食。

在這陌生的奢侈的享受中，最不習慣的是李絳霞，她偷偷的問史彤：

「這是什麼音樂？」

「應該說是屬於資產階級的吧，我想是真正古典音樂。」

她又問那高掛在天花板的閃亮的燈飾：

「這也是古典的掛燈嗎？」

「自然嘍，但現在則是我們無產階級在享受。」史彤笑著說。

李絳霞沒有再問什麼、但是她想到她的母親在農村的情形，她想到她所知道的工人農民等生活的情形。她並沒有不平，也沒有明確的疑問，只是一種模糊的驚愕，因為這是她第一次享受到她身分以外的享受。

她又喝到了從未喝過的酒，吃到了從未吃到過的菜，她感到一種欣悅，又覺得一種說不出的犯罪感，好像她做了不該做的事情一樣。

史彤坐在李絳霞的右手，正對著蘇洛明。蘇洛明的儀態與風度都是標準的高級幹部的，但那天的史彤，則時時想到他在T・S・A・清算大會中發言時的神態。史彤心裡有一個劉百韜叫她堅守的祕密，這就是國防部派要為T・S・A・一批人反案的醞釀。她當時就想到，如果到了清算政治醫學派的時候，蘇洛明免不了要被清算，那時候他的神情會是怎麼樣呢？

蘇洛明今天比平常要沉默，他心裡一直有一層陰霾，但他不想表露出來，這點，坐在他旁邊的程秀紅也意識到。程秀紅以為這可能是政治醫學研究所有人告訴他關於史彤的背景，而她與史彤來往成了一個他們注意的問題了。但是她究竟對史彤瞭解不深；她有點害怕與不安。

所以雖是同在華麗優雅的環境，同聽著輕妙的音樂，同享受著上等的酒菜，四個人則有四種不同的感覺，而每個人都不能盡情的享受。

吃完飯，大概是近十點鐘時，他們就同家了。

那天史彤與李絳霞都住在程秀紅家裡，她們住在一個房間內，兩個人談得很晚。

李絳霞今天過了一種完全與她過去不同的生活，精神很興奮，所以有許多問題。對於蘇洛明的職務工作地位，她似乎也很想知道。

史彤避免牽涉到政治上的問題，她談到文化學院的組織與裡面龐大的規模，以及許多在研究用功的青年，與在訓練的工人同志們。李絳霞聽得非常有興趣。李絳霞又問到文化學院所包括的學科，以及學科的內容等等，史彤似乎都可以為她作一解答。

李絳霞先為史彤的明朗的美麗所懾，現在則又為她豐富的知識所折，她發覺自己活在太小的圈子裡，見聞實在太狹，她想她如果可以像史彤一樣的可多好呢?李絳霞越覺得自己的渺小，越覺得今天能同史彤在一起為光榮。而想到她們要她與丁元極聯繫的任務，則正是一種她所渴望的冒險的英雄的行為；她意識著，如果她能順利的完成這任務，好像她也就可對自己證明自己的不平凡了。

就在史彤與李絳霞密談的時候，在程秀紅伉麗房內，蘇洛明與程秀紅也都沒有睡，他們低聲地在談話：

「……」

「是怎麼回事？」

「我怕又有暴風雨要來了。」蘇洛明說。

「你是說又有整風清算的風浪嗎？」

「還是他們兩派。」

「怎麼？不是T‧S‧A‧一批人都清算光了嗎？」

「這次怕是國防部要翻案。」

「那麼黨中央的意思是……？」程秀紅問。

「聽說帝修兩國，都已經可在月球基地直接毀滅我們了，所以國防部擴充國防預算已經得黨中央的同意。政治醫學的研究，怕要被認為是浪費的開支，而這個浪費的開支也許要被解釋為帝修滲透的特務工作，故意要削弱我們無產階級國家的關係力量。」

「那麼……」

「可能要揭發政治醫學研究所的人物為帝修的特務，而掀起很大清算鬥爭的浪潮了。」

「那麼你……？」

「我嗎？」蘇洛明笑了，他抽了一支菸，說：「我本來可以很超然的，但是上次，上次，妳知道，在清算T‧S‧A‧的大會中……我知道，妳一度也對我看不起，認為我不該這樣發言；我也知道史彤對我的輕視與仇恨；但是我當時是無法選擇的，因為我為救妳，曾經求過他們，……妳所以能擺脫人工生育的任務，是他們對我的幫忙，我為愛妳，所以只好求他們，只好擔任了發言。妳知道這事情的始因是什麼嗎？是妳，妳與T‧S‧A‧的往還，如果一直不往還，他們決不會把人工生育的任務派到妳頭上的。」

「那麼是我闖的禍，但是那已經過去了。但是現在，現在能不能跳出這個浪潮呢？」

蘇洛明搖搖頭，沉吟了好一回，他說：

「我也不知道。我想別的都沒有什麼，就是在清算大會上我的發言，這是無法洗去的痕跡。」

「如果我說那是你因為救我呢？」

「救妳什麼？」蘇洛明說：「人工生育嗎？這不是光榮的任務嗎？」

程秀紅一時不知說什麼好，她心裡想到的，是她現在與史彤與李絳霞進行的工作。這工作如果成功，自然是要成為國防部攻擊政治醫學研究所最大的武器。

她是不是應該把這件事告訴蘇洛明呢？為蘇洛明的利益，這件事應不應該進行呢？自從電視中看到蘇洛明在清算T．S．A．大會上的發言後，程秀紅對蘇洛明有很大的失望，她無法想像像蘇洛明這樣的人會做出如此卑鄙殘酷的事。她本來想申請到邊區去工作，以逃避蘇洛明。後來因為史彤的勸告，她終於回到P城，而回來後因為生活得很舒服，她也逐漸瞭解蘇洛明對她的愛情，並瞭解他在當時也的確有無法不附和政治醫學研究所的困難。

現在則翻案運動要起來，而她正在進行幫助國防部的一份工作，這正是與蘇洛明敵對的工作，也會是構成陷害他的一個因素，她內心有說不出的矛盾。

一時她想把一切都對蘇洛明傾訴，但她怕出賣朋友。特別李絳霞，她是程秀紅爭取來的，她沒有理由拉李絳霞進來又把她出賣的——可能是一種出賣。

她甚至想到了蘇洛明的話可能都是假的。國防部並沒有翻案的運動，蘇洛明這樣講，目的就是要探聽史彤的底細，可能是政治醫學研究所一派人給蘇洛明的任務。

作為無產階級國家的工人，很自然的有這種無產階級的警覺。但是程秀紅看到蘇洛明的一種不安的神情，心裡有說不出的同情。她說：

「那麼我應該怎麼做呢？比方我再申請到別處的工廠去，或者……」

「我不知道，我想也許過幾天會有什麼發展，那時候我再看情形。」

三十一

李絳霞於第三天回到百花齊放宮，她很快的把與史彤聯繫的經過告訴丁元極。丁元極很興奮，他想馬上動手寫他的控訴，他預計三天可以寫好，他要李絳霞寫信暗示史彤於三天後，他每天下午會在花園裡逗留，要她在以後一星期內進來。

史彤進園來工作已經第三天。果園很大，濃郁樹林裡有綜錯的小徑，這些小徑通入大路，大路兩旁有些椅子。護士們推著殘廢車都在大路上散步。但因為園大人少，很難得會當面相值。她很後悔沒有同李絳霞約定一個暗號。她故意遠離其他的女工，找一個較高的據點，可以遠望零零落落的進出的散步的人士。

於是，就在第三天，一個陽光滿園的下午，她看到了李絳霞推著丁元極出來。她注意到，李絳霞也正在四周探看。她於是就轉到一個杏林的小徑前，伺候李絳霞過來。

李絳霞原以為史彤一定會同別的工人們在一起，沒有想到史彤在這小徑旁鑽出來叫她。史彤完全是果園女工的打扮，頭上包著花布。

李絳霞把丁元極推入小徑。小徑在密密的樹林裡，四周再看不見了。這真是一個理想的地點。

史彤匆匆的走過來，凝視丁元極一回，她緊握了他的手，沒有說一句話。

丁元極一時忍不住淚水，他意識到自己面目全非的容貌，匆匆把寫好的控訴交給史彤；史彤給他一封信。丁元極以為那就是他所需要的毒藥，他把它納在懷裡。史彤很快就在林中消失，李絳霞把丁元極從小徑中推出來，期間不過是兩、三分鐘的時間。鄰近沒有人，稍遠的地方，則也有護士推著殘廢車在散步，李絳霞把車子推向那面去。

史彤交給丁元極的信，是一封鼓勵安慰丁元極的信，她沒有告訴他國防部翻案運動的情形。這雖是已決定的方針，但因為國防部方面的人，不知道百花齊放宮裡的人們究竟變成了怎麼樣。他們知道有的變成神經病，有的則是酗酒無度，那麼如果有什麼祕密，就很可能會洩漏出去。所以在給丁元極的信中，只說到正義一定會有伸張的一天而已。

丁元極一看沒有毒藥，他很失望，他問李絳霞。李絳霞說：

「他們不願意給你。」

「為什麼，我能做的都已經做了，活在這裡再無意義了。」

「他們要你讀到或聽到你自己的控訴。」

「這……」

「他們說要為你努力去做，儘快的發表出來。」

丁元極不再說什麼，他低下頭，淒然的流下淚來。

史彤看到丁元極後，第二天下午，她打電話給程秀紅，約程秀紅看她。她們就在工廠的餐室外面喝茶。史彤告訴程秀紅，關於她看到丁元極的經過，同他說了丁元極可憐的殘廢情形。

程秀紅問丁元極的控訴文章，史彤說她已經交上去。裡面所談的是百花齊放宮的慘無人道的日子，與裡面的思想勞動者也再無思想可言，與其要耗國家這許多錢養那些殘廢的人，還不如讓他們安靜的死去好。

程秀紅楞了好一回，她忽然說：

「假如國防部翻案了，是不是他們要向特務部方面報復，而對政治醫學研究所以及同情他們的人有大規模的清算與屠殺呢？」

史彤聽她一說，馬上想到程秀紅是擔憂翻案時會波及蘇洛明的問題。

「妳是不是還愛他？」

「他的依附政治醫學研究所，可說完全是為愛我。那時候，如果他不依附他們，我是逃不了與林冰士一起去人工生育，否則也一定會在清算T‧S‧A‧時一起遭鬥爭的。」

「但現在，國防部方面對妳的功績很認識，而且還有丁元極，他們一定可以幫妳，以免蘇洛明的被鬥爭。」史彤說。

「我倒不光是這個意思。我想，如果翻案後是一批流血的鬥爭，將來特務部翻案又是一陣流血的鬥爭，這樣冤冤相報，豈不是永無休止，這不是太可怕了嗎？」

「但是這是政治，政治免不了鬥爭。而鬥爭的發展，也就是矛盾的統一。」

「妳真的相信翻案的運動，很快就會發生嗎？」

「這個我也不知道，但是國防的緊張，則是翻案的訊息。」

程秀紅當時沒有再多耽，她告辭出來，她感到非常空虛。她沒有馬上回家，她想到這些天來蘇洛明的情緒，顯然同以前不同，一直像是有什麼心思似的。她意識到一定有什麼風聲在醞釀，因為蘇洛明沒有對她說什麼，她也不敢去探詢。她覺得自己有一種奇怪的矛盾，她本來非常同情丁元極與T・S・A・一批朋友，但現在則感到蘇洛明很可憐。她發現他並不是有什麼主張或信仰，他只是想過一個平安的日子。這不是無產階級所應有的。但她自己也正是一樣，她知道自己也正怕風浪會衝破她現有的地位與特權。

程秀紅一面走，一面想。她想到她過去在工廠裡快活的日子，因為與蘇洛明相愛，她到了另一個世界，她才發現這世界並不是這樣可信。於是她想到文化學院的生活，她之認識劉度斌、丁元極種種；她聽到了讀到了許多別的知識，而她的痛苦也就因她接觸的世界越廣，吸收的知識越多而增加。

如果蘇洛明不愛她，她不愛蘇洛明，不是不會有這許多奇怪的遭遇嗎？蘇洛明也可以不必為她的緣故去依附政治醫學研究所的一批人，他一直可以超然，國防部的翻案風波也決不會影響他。那麼說來說去不正是她害了他而他害了她嗎？

程秀紅走到一家小咖啡座，她進去坐了一回。只是有點口乾，她叫了一杯茶。無意之中她聽到了廣播：

「……緊急報告，緊急報告。

「……今晨五時三十分，我們無產階級國家的八號戰略衛星，遭遇到修國的攻擊，我們外交部已向修國提出最嚴重的抗議。我們全國同胞，全世界無產階級都該警戒，隨時聽領導人的號召，去迎接敵人的挑戰……」

程秀紅吃了一驚，她沒有想到國防問題已經是那麼緊張。她沒有再聽下去，她急於想回家，急於想會見蘇洛明，好像許多問題只有蘇洛明可以答覆似的。

但是程秀紅回到家裡，蘇洛明還沒有回來。工友同志告訴她蘇洛明來過電話，說今天因為要開會，不能回家吃飯了。

她一時心情很不安，開了電視，正是新聞報告。說八號戰略衛星受修國無理由的襲擊，外交部已經提出最強硬的抗議並且要求賠償。如果不被接受，我們只有被迫採取報復行動，那麼一切後果將由修國負責云云。接著是各地群眾遊行，對修國作示威抗議；學校工廠的會集，修國大使館前的示威——揮著旗，叫著口號，唱著歌，叫著萬歲……

程秀紅關了電視，接著她一個人吃飯，飯後很早就去睡覺。

她做了一個夢，她夢見自己還是過去在工廠裡做工的日子。她好像已經愛上蘇洛明，但是組織不許她同蘇洛明來往。說蘇洛明的成份不是無產階級，黨即使批准結婚，將來也無法批准她生孩子，有孩子也必須打胎。但不知怎麼她竟想念蘇洛明，想偷偷地去會他。

好像是約定了在工廠後面一條小河邊會面，是深夜，沒有星月，天漆黑，有一陣陣寒風襲來。於是她遠遠的看見一個人過來，正在河岸上想渡河，忽然有手電筒的光線射來，……

她從夢中驚醒。正是蘇洛明回來，開亮了燈。

「啊，你剛回來。」

「唔……」

「幾點了？」

「一點半。」

「你一直在開會。」

「是的。」

「怎麼樣了？」

「我想妳應該已經聽到了。」

「是的，我們八號的戰略衛星被敵人襲擊。」

「就是這樣。」

「有什麼別的消息嗎？」

「沒有。妳自然知道國防部就此可借題發動攻勢，打擊特務部的政治醫學。」

「你們就是為這個開會？」

「是的。」

「那麼，……我們應該怎麼辦？」

蘇洛明笑了一聲，他一面脫衣服一面說：

「我們一切都服從黨，黨會為我們安排一切，是不？」

「你有沒有聽說這次黨的意志是怎麼樣呢？」

「國防的預算不是已經大大的增加了嗎？」

「那是說……」

「許多軍人又重新出來了。」

「那是說……」

「我們都是黨員，一切等黨的指示好了。我很睏了，明天一早還有事情。」

蘇洛明說完了就去浴室。不一會，出來，沒有說一句話，倒頭就睡了。

第二天，程秀紅醒來時，蘇洛明已經起身。她到了餐廳，看到蘇洛明在看報，神色非常緊張。

程秀紅想問他什麼，還沒有開口，蘇洛明已經站起來，他把手中的報紙交給程秀紅，一面說：

「我先走了。」

蘇洛明說著就出去，程秀紅手拿著報紙跟他出來，送他上了車子。

「怎麼那麼急？」

「你看報紙就知道了。」蘇洛明說著，就駕著車子走了。

程秀紅回到客廳裡，她翻開報紙，一眼就看到了標著大題目的社評，那題目是：

「國防——是誰在削弱國防？」

內容先述無國的戰略衛星之被襲擊，是一種直接的挑釁與侮辱。其所以敢對我們侮辱，是我們國防的落後。其落後的原因，則是有一批人潛伏在我們國家內，提倡政治醫學政治生物學一類唯心論的東西。現在我們不得不懷疑這批人，是否直接受帝修兩國指揮來破壞我們的國力的。我們現在要增強國防，必須要肅清內奸。我們要求他們放下武器，老老實實對人民坦白，否則我們的人民決不放過，一個一個的會把他們揪出來，因為我們的人民是無產階級的最英明的領導的思想所武裝的人民。……

程秀紅很粗率的讀一遍，已經什麼都清楚了。這正是又一次大風浪的開始。她楞了好一回，等時鐘敲了八下，她要準備去上班時，忽然電話響了。

她在電話裡聽到的是史彤。

史彤的聲音很興奮。但她沒有提到報上的社評或什麼，她要程秀紅告假一天到她那裡會她，因為有一件急於要辦的事情，是必須她幫忙的。

程秀紅不知道有什麼事，但她很想見到史彤，她想史彤一定會有更多的關於國防部向特務部反擊的消息。她打電話告了假，匆匆就趕去看史彤。

史彤見程秀紅來了，就帶她到一間小房間裡。房間裡沒有別人，史彤就興奮地問她有沒有讀到階級日報的社評。

程秀紅點點頭，沉吟了一會說：

「看來這又是一個大風暴要降臨了。」

「是的，這一次我們必須把政治醫學派的人都肅清才行。」

「那麼，那麼蘇洛明呢？」程秀紅很坦率的問。

「他，我正是為這事情找妳，妳是不是還愛他。」

「是的，」程秀紅堅決的說：「上次的事情，他是為我的事情陷進去的。而且，我現在肚子裡正有他的孩子。」

「孩子，為什麼不打掉它？」史彤問。

「我想要，而已經得到黨的批准。」程秀紅很認真地說。

「好，好，妳要他，我們就救他。」史彤笑著說：「我所以急於要妳來，今天晚上我們要在國防電視中廣播丁元極的控訴書，我很希望由妳來朗誦。妳是蘇洛明的愛人，比我們誰都好，妳還可用妳的立場做一些按語。」

「我？」

「因為只有這樣，可以使妳見重於國防部，可以救蘇洛明的被鬥爭。」

「妳是說，正如蘇洛明在大會中對T・S・A・抨擊一樣，妳要我去抨擊政治醫學派？」程秀紅說。

「是的，妳最好說明，蘇洛明當初是被迫去出席的。這樣至少可以為蘇洛明洗脫當初的罪愆。」

程秀紅沉默了好一會。最後她說：

「妳是不是代表國防那方面的意思？」

「我認為可能的，就一定為妳爭取到。」史彤說。

「那麼我們就變成了講條件了。」程秀紅冷靜地說：「如果你們不追究蘇洛明，那麼我今晚就在電視中出現，但是我只朗誦丁元極的控訴書，不作任何的說明與詮注。」

「那麼妳怎麼解說這篇控訴書要妳來朗誦的理由呢？」

「我可以說明我是一個崇拜他的學生。」

「好的，就這樣。」史彤說。

「但是必須保證蘇洛明的安全。」

「妳放心，秀紅，我答應妳了，就一定為妳辦到。到必要時候，我當設法讓他離開P市，避避風聲。」史彤說著同程秀紅握手。

程秀紅想走，但是史彤留住她，說她必須等電視出現後才能走，而現在先要準備一下，她可以到招所去研讀一下丁元極的控訴詞。

程秀紅知道史彤怕她先期洩漏，所以不再堅持，但她要打一個電話給蘇洛明。史彤說：

「最好還是不要打，因為萬一洩漏什麼，別人以為是妳的關係，這責任太大。如果要通知他妳不回去吃飯，不如由我打給他，說是我請妳來的。」

程秀紅當時只好答應史彤。

史彤打了電話後，就陪程秀紅到了一所很講究的招待所裡，她把一份丁元極的控訴詞交給程秀紅。關照招待所的職員們好好招待程秀紅，自己就回去了。

三十二

百花齊放宮裡，李絳霞照拂丁元極在看電視。電視裡，先是電臺的記者訪問國防部長。

「部長同志，你對於今天階級日報的社評有什麼意見？」

「……」

「那是非常正確的意見。」

「認為這些蒙蔽黨中央，破壞國防預算的人們，是與修國或帝國勾結的內奸嗎？」

「這個我不敢說，但有這個可能。因為國防部早就見到我們國防科學如果不積極發展，一定有落後的危險，而那批人竟不斷的要擴充政治醫學、政治生物學一類的無關重要的研究。」

「部長同志，你認為這些政治醫學的研究是沒有意義嗎？」

「對於醫學我外行，但是研究是學院裡的事情。那些龐大的預算，實際上與研究無關，他們有意要控制我們人民的活動，甚至是學術的、文化的愛黨愛國的活動。」

「部長同志，你能舉一些例子給我們嗎？」

「譬如百花齊放宮，原意是為容養思想勞動者的，而現在則成了殘酷的刑場。」

「部長同志，你是說刑場？」

「是的，因為我剛剛讀到一個控訴書。這個控訴書是百花齊放宮裡一個思想勞動者丁元極教授寫出來的。」

「這控訴書在哪裡，可以公開嗎？」

「在一個崇拜丁元極教授的同志那裡。如果聽眾要知道，我可以叫她來這裡朗誦。」

訪問結束，音樂起來。一個廣播者介紹程秀紅同志。

接著程秀紅坐下來，開始朗誦丁元極的控詞：

丁元極控訴詞，從劉度斌的那篇「黨性的純潔與人工生育」談起。他批評政治醫學根本是不科學的東西。它與特務勾結，蒙蔽黨中央，成為最殘酷最毒辣的一種刑律。

接著他談到T•S•A•一批人，因為愛國愛黨之被清算鬥爭，其中談到十二個青年學者的死諫，許列的自殺；以及自己之被判為「思想家」而進入了百花齊放宮，結果被毀去生殖能力與勞動能力的慘狀。繼而介紹百花齊放宮裡的生活實況，以及裡面同志們的求生不得與求死不能情形。

他接著又從理論上學理上說明人是一個整個的有機體。所謂生殖能力，勞動能力與思想能力是不可分割的東西。

他最後說到自己現在只求一死，死前必須把要說的話說出來，希望黨中央與英明的領導不受奸人的蒙蔽。因為這個蒙蔽，無產階級國家的國防科學與其他科學，在這些年中，幾乎很少進步，不及早回頭，前途是不堪想像的……。

程秀紅一面朗誦，一面禁不住眼淚，她讀了四十分鐘才讀完，讀完了竟伏案哭泣起來。

李絳霞站在電視機前看，也暗暗的哭起來。當她再看丁元極的時候，她發現他呆在那裡，張著眼，張著嘴，唇角流著口水，她一摸，發現他已經僵冷。

「死了！」

丁元極是受自己的控訴詞的震動而死了。

在發現丁元極死了後，突然，有好幾個護士都叫起來；因為她們發現自己所看護的輪椅上的病人也死了。一陣慌亂起來。百花齊放宮於是有很大的騷動。

稽查員叫護士們回房。

上級的管理員正在開會。

大家知道丁元極的控訴詞，明天早晨就要在階級日報上出現。而丁元極之死，一定會形成一件大案子了。

李絳霞看到了電視中程秀紅的哭泣。但程秀紅並沒看到丁元極的死亡。

程秀紅的哭泣，一面固然為丁元極的控訴詞所動，一面則是自己內心的痛苦。她之在電視臺中朗誦，目的為救蘇洛明，其動機完全是同蘇洛明當年不得不出席鬥爭T・S・A・一樣。

她覺得在一切的鬥爭中是恨是狠，大家必須盡力打到敵人，只有敵人打倒了自己才能生存。而她與蘇浩明則是愛，為愛對方才必須做打擊對方。自從她與林冰士及T・S・A・一群人來往後，她是無法再否認自己不是同情T・S・A・的人。蘇洛明為洗脫她，所以不得不依附政治醫學派。自從在鬥爭T‧S‧A‧大會中發言後，蘇洛明自然再無法否認是政治醫學派的人了。

現在為洗脫蘇洛明，程秀紅不得不在電視中朗誦控訴詞。她不知道政治醫學派的人看了有什麼反應。蘇洛明是否在文化學院開會，還是已經回到家裡。他自然也看到電視，他一定會萬分驚慌。但再一思索，也一定會瞭解，瞭解她的愛他與想救他，正是他當初為愛她、救她而鬥爭T‧S‧A‧派一樣。

程秀紅結束了她的廣播，史彤就陪她到休息室，史彤倒了一杯酒給她，連連稱她朗誦丁元極的控訴詞的成功。並且說晚上有一個盛大的宴會要她也去參加。

程秀紅一句話也不說，她的臉色同心情一樣沉重，她有一種出賣蘇洛明的犯罪感。她平常對史彤有特別的親切，但現在則覺得史彤離她很遠，好像是遠在敵對的方向。

史彤看程秀紅的沉重不安的態度，她自然應該知道程秀紅在關心蘇洛明，但是史彤一句話也不提。最後，當史彤再度說到晚上一同赴國防部的一個宴會的時候，程秀紅提起了蘇洛明的問題。史彤忽然笑笑說：

「我所以要妳去參加那個宴會，因為妳可以在那裡碰見許多人，國防部部長也會參加，他們今天已經把妳當作了英雄。」

「那麼蘇洛明……」

「我想你見到國防部長，就有機會對他解說蘇洛明的事情，請他幫忙。」

程秀紅本來不想參加什麼宴會，現在史彤提到蘇洛明，她覺得這是唯一的機會，她可以在國防部的人群中為蘇洛明出脫與解釋。

程秀紅答應了史彤。

史彤於是說派車子送程秀紅回去，約定晚上去接她。

程秀紅坐上車子，心裡起了很大的波動。

街頭一切依舊，人來人往，車子擠來擠去，陽光照在廣場上，倒斜地散著大樓的影子；街樹微微的在風中搖動。但是程秀紅覺得一切同在她廣播前的情境完全不同。她好像沒有看到世界，只意識到這世界已不是幾小時前的世界。史彤早已不是以的史彤，蘇洛明也不是以前的蘇洛明。她所敬愛的史彤現在是一個可怕的影子，她所擔心的蘇洛明現在是一個可憐的人物，她出賣了他！但是她發現她是愛他的，只有意識到她出賣他，她才發覺她是愛他的。她希望蘇洛明沒有看到電視，但是這是不可能的；文化學院裡誰看到了都會告訴蘇洛明。蘇洛明也許正在受政治醫學研究所的人責問。她希望蘇洛明現在會在家裡，她可以對他傾訴，對他解釋，求他諒解……

正當程秀紅迷失在紊亂思緒中時，她突然聽到群眾的吼聲，迎面正擁來一個約一百多人的隊伍，揮著大小的旗幟，叫著口號：

「打倒政治醫學，打倒勾結敵人的出賣國防的奸細。」

「打到反革命的政治醫學研究所！」

程秀紅沒有細看，她急於看到蘇洛明，他現在是不是在文化學院，還是在家裡？

車子越近文化學院，群眾越多。程秀紅的寓所，就在文化學院的附近，當她到家裡的時候，她遠遠的聽到文化學院的學生一群一群的呼聲。

家裡靜悄悄，附近一個人也沒有。花園裡丁香玫瑰盛開，那是仲夏的季節，有白蝶與蜜蜂在飛翔，陽光照在綠葉上閃出液質的金光。

她走進客廳，客廳裡沒有一個人。她叫勤務同志，沒有人答應；她叫蘇洛明，也沒有人答應。

她奔到樓上，一直奔到寢室；寢室的門鎖著。她的心突然跳起來。她下意識的知道出了事。從手袋裡拿出鑰匙，開開門。她看到了蘇洛明。

蘇洛明躺在床上，面色青紫，微張著眼睛，緊閉著嘴，他已經死了。旁邊是毒藥的小瓶，他是服毒死的。

程秀紅握著他的已冷的手，倒在床邊，她心上湧上一陣酸痛，她伏在床沿上黯然流出淚來。一時她失去了知覺。

不知隔了多少時候，下面嘈雜的聲音鬧醒了程秀紅。

「蘇洛明，你出來！」

程秀紅一聽知道是文化學院的學生們。她站起來，拉上了門，拉拉衣襟，她莊嚴的走下樓去。

樓下擁著二十幾個青年，一見程秀紅，大家叫了出來：

「這不是程秀紅同志嗎？」

「你們要怎樣？」程秀紅說。

「你真是了不得，程秀紅同志，我們看了妳電視裡的報告。妳真是了不得。」

「程秀紅同志萬歲！」一個年輕人叫起來。

「程秀紅同志萬歲！」許多人回應著。

「你們是不是要鬥爭蘇洛明？」程秀紅冷靜地說。

「是呀！鬥他，鬥垮他，鬥臭他，……」

「但是他是我的丈夫。」

「他出賣了妳，出賣了革命，出賣了多少愛國的革命同志，這個無恥的通敵的奸細！」

「他沒有出賣我，是我出賣了他。」程秀紅冷靜地說道：「他已經死了，在樓上。」

程秀紅說著，緩緩走到客廳角落，坐倒在沙發上。許多青年們都擁到樓上去。程秀紅看到窗外園中的陽光。遙遠的傳來群眾的呼聲。

程秀紅一時像忘記了這個世界。她站起來，獨自走出客廳，走到園中，她遙聽著文化學院那面傳來的群眾的龐大的呼聲彳亍走著。

天是藍的，陽光是和暖的，……人在地球上蠕動……歷史在鬥爭中發展，……人在鬥爭中創造歷史……

她走著，走著，她不想看見任何人，她已不關心任何人，史彤也好，丁元極也好，蘇洛明也好，李絳霞也好，……每個人本來像同她有密切關係的，現在忽然這些關係都斷了。

她走著，走著，走過草地，走過廣場，那裡有一個湖，湖邊平常有散步的學生，現在則一個人都沒有，人都在嘈雜的人聲中，他們在叫囂，在鬥爭，在醞釀歷史，在準備戰爭……

她望著陽光，望著樹影，望著漪漣的水面她走下去，走下去，走下去，……

後語　EPILOGUE

這故事雖是用現在我們的語言傳述，但發生則在耶穌紀元前二〇五〇年前太陽系外另一個恒星的行星裡的。

天文學家告訴我們，每個星雲直徑有兩萬光年。我們發現了遙遠的星球，都是從它的光來認定的。如果有一顆星球的光傳達到地球時，它的本身已經消失，我們仍會以為它還是存在，而這個虛偽的存在，可能有兩萬年。

現在，發生那個故事的星球是否還存在，我們不知道。不過，有一種說法，是時間上消失的事物，事實上正存在在另一個時間裡，正如空間上的移動；當我們離開紐約到倫敦，紐約仍是存在著的一樣。那麼這個故事也正可以滑溜到另一個時間上去，只是我們經驗不到罷了。這當然只是一種宇宙學的幻想。

如果發生這個故事的星球還是存在的，它的歷史決不會中斷，但這個故事裡的人物一定都已不存在了，而另外又有人在演變另一個故事。

不過，人物是不存在了，人物的典型與意識往往還是這幾種；不同的人物可以有相同的典型與意識。這也就是說，那種典型與意識永遠會在另一個肉體裡形成而存在。

這種典型與意識，也可能換了一種服裝與面貌，但是有心人還是可以認識的，雖然它可能一時蒙蔽了多數粗心的人。

歷史，好像只是同樣的演員，換了不同的服裝與面具，在不同的舞臺上扮演。

這裡所寫的，只是在無限大無窮久的宇宙的一角，扮演一齣同人類一樣的生物的戲劇而已。

後記

徐訏

這本書著手寫的時候是一九六六年，是在從美國到日本的船上，寫了一半就擱下了。以後不知什麼時候又拿起來。最後脫稿是一九七二年十月二十四日。曾經在展望及文藝月刊上發表過。有好些朋友同幾位出版家促我把它出書，但因為當時很想再行修改一次，所以迄未付印。哪裡知道一拖又是幾年。現在重讀起來，倒有讀別人的作品一樣的感覺。以前想改的地方反而覺得不應該更動，只是校正些發表時疏忽與錯訛的地方。

一九七六、二、一

徐訏文集・小說卷7　PG1482

悲慘的世紀

作　　者　　徐　訏
責任編輯　　盧羿珊
圖文排版　　周政緯
封面設計　　王嵩賀

出版策劃　　釀出版
製作發行　　秀威資訊科技股份有限公司
114 台北市內湖區瑞光路76巷65號1樓
電話：+886-2-2796-3638　傳真：+886-2-2796-1377
服務信箱：service@showwe.com.tw
http://www.showwe.com.tw
郵政劃撥　　19563868　戶名：秀威資訊科技股份有限公司
展售門市　　國家書店【松江門市】
104 台北市中山區松江路209號1樓
電話：+886-2-2518-0207　傳真：+886-2-2518-0778
網路訂購　　秀威網路書店：http://www.bodbooks.com.tw
國家網路書店：http://www.govbooks.com.tw
法律顧問　　毛國樑　律師
總 經 銷　　聯合發行股份有限公司
231新北市新店區寶橋路235巷6弄6號4F
電話：+886-2-2917-8022　傳真：+886-2-2915-6275

出版日期　　2016年4月　BOD一版
定　　價　　350元

Printed in Taiwan

國家圖書館出版品預行編目

悲慘的世紀 / 徐訏著. -- 一版. -- 臺北市：釀出
版, 2016.04
面； 公分. -- (徐訏文集)
BOD版
ISBN 978-986-445-071-8(平裝)

857.7 104022383

讀者回函卡

感謝您購買本書，為提升服務品質，請填妥以下資料，將讀者回函卡直接寄回或傳真本公司，收到您的寶貴意見後，我們會收藏記錄及檢討，謝謝！

如您需要了解本公司最新出版書目、購書優惠或企劃活動，歡迎您上網查詢或下載相關資料：http:// www.showwe.com.tw

您購買的書名：__________________________________

出生日期：________年________月________日

學歷：□高中（含）以下　□大專　□研究所（含）以上

職業：□製造業　□金融業　□資訊業　□軍警　□傳播業　□自由業

□服務業　□公務員　□教職　□學生　□家管　□其它_____

購書地點：□網路書店　□實體書店　□書展　□郵購　□贈閱　□其他

您從何得知本書的消息？

□網路書店　□實體書店　□網路搜尋　□電子報　□書訊　□雜誌

□傳播媒體　□親友推薦　□網站推薦　□部落格　□其他__________

您對本書的評價：（請填代號　1.非常滿意　2.滿意　3.尚可　4.再改進）

封面設計____　版面編排____　內容____　文／譯筆____　價格____

讀完書後您覺得：

□很有收穫　□有收穫　□收穫不多　□沒收穫

對我們的建議：__________________________________

____

____

____

請貼
郵票

11466
台北市內湖區瑞光路 76 巷 65 號 1 樓
秀威資訊科技股份有限公司 收
BOD 數位出版事業部

（請沿線對折寄回，謝謝！）

姓　　名：________________ 年齡：______ 性別：□女 □男

郵遞區號：□□□□□

地　　址：________________________________

聯絡電話：(日) ________________ (夜) ________________

E-mail：________________________________